誘拐されそうになっている子を助けたら お忍びで遊びに来ていたお姫様だった件

yukai saresouni natteirukowo tasuketara
oshinobide asobini kiteita ohimesama dattaken

ネコクロ
illustration Noyu

「彼シャツ、というものです。
憧れていましたので、
この機会に着てみました」
ルナ
・スウィート・クリスティーナ・
ハート・アルカディア

「私はそちらに座っておられる
桐山聖斗様の——
婚約者です」

「……えっ?」
桐《きり》山《やま》聖《せい》斗《と》

「か、かわいいですか？
えへへ……」

CONTENTS

誘拐されそうになっている子を助けたら、お忍びで遊びに来ていたお姫様だった件

ネコクロ

GA文庫

カバー・口絵　本文イラスト
Noyu

第一章　お姫様との出会い

yuukai saresouni natteirukowo tasuketara oshinobide asobini kiteita ohimesama dattaken

猛暑に苦しめられる夏休み中頃。

平凡な高校生だった俺《おれ》――桐山聖斗《きりやませいと》の代わり映えしない日々は、突然終わった。

『――いやぁ！　だれか、だれかたすけてぇえええええ！』

英語……？

コンビニにアイスを買いに行った帰り道、何やら女の子が叫ぶ声が聞こえてきた。

気になり、路地裏を覗《のぞ》き込むと――。

『こら、おとなしくしてください……！』

『暴《あば》れては駄目ですよ……！』

『いやぁ、放してください……！』

黒服に黒サングラスをした怪しい男二人が、帽子を被《かぶ》っている女の子の腕を摑《つか》んでいた。

三人とも英語を話していて何を言っているかわからないが、どう考えてもやばい状況だ。

白昼堂々と、誘拐……？

警察に通報案件？

てか、どうして外国人がこんなところで？

不測の事態に、俺はいろんな思考が頭を巡ってしまう。

そうしている間にも、女の子は連れていかれそうになっているわけで――。

『助けてください……！』

俺と目が合った女の子が、涙を浮かべた瞳《ひとみ》で俺に向かって叫ぶ。

さすがに、今くらいの英語ならわかる。

俺は半ば反射的に地を蹴《け》った。

「警察が来るまでなんて、待ってられないよね……！」

事情は全然わからないけど、女の子が泣きながら助けを求めてきたんだ。

目を瞑《つむ》って去ることなんてできない。

「うわぁあああああ！」

『な、なんだこのガキ⁉』

『まずい、見られたぞ！　捕らえろ！』

一心不乱に突っ込むと、なぜか男の一人が俺に向かって飛びかかってきた。

「ちょっ、なんでこっちに来るの⁉」

てっきりこういう時、相手は女の子を連れて逃げるものだと思っていた俺は、予想外の事態に驚きを隠せない。

咄嗟《とっさ》に、持っていた買いもの袋からカチカチに固まったアイスを取り出し、男の顔面へと投げつける。

『いってぇえええええ！　なんだこれ！』

「痛いでしょ、硬くて歯が折れるかもしれないってことで、有名なアイスだからね！」

あまりにも硬いから、俺は溶けかけしか食べないんだ！

『くそ、このガキ……！』

アイスが鼻にぶつかったことで最初の一人が顔を押さえて立ち止まると、女の子の腕を掴んでいたもう一人の男が俺に襲いかかってきた。

――ということは、女の子は解放されたというわけだ。

「走って……！」

俺は男の後ろにいる女の子に対して叫ぶ。

日本語はわかるようで、意図が伝わった女の子はコクッと頷《うなず》いて奥に向かって走りだした。

『しまった……！』

「追わせないよ……！」

『はうっ……！』

男が女の子のほうを振り返ったことで、無防備になった背中から俺は股間を蹴り上げる。

それによって、男は悶絶《もんぜつ》しながら地面に転がった。

……痛そぉ……。

「すみません……」

自分でやっておいてなんだけど、非人道的なことをしてしまったと思った俺は、一応謝りながら隣を走り抜ける。

『待てやクソガキ……！』

「あっ、もう一人も蹴っとけばよかった……！」

女の子の後を追っていると、最初に倒したはずの男が鬼の形相で追いかけてきた。

アイスでサングラスが割れたせいで、凄《すご》く怖い人相が見えている。

あの様子……捕まったら何されるかわからない。

平気で命を奪いそうな人の顔だ。

「てか、足速っ……⁉」

全力で逃げているというのに、みるみるうちに距離が詰められている。

筋肉ムキムキのようなごつい体をしておきながら、なんでこんなに足が速いんだ……！

『捕まえ――』

「――っ。えぇい、これでどうだ……！」

追い付かれる直前、俺は急ブレーキをすることで相手のタイミングをずらし、手を躱《かわ》す。

そのまま、躱したことで無防備にさらされる背中側から股間を蹴り上げた。

『がはっ……！　こ、このガキ、人の心がないのか……⁉』

男の急所にクリティカルヒットした相手は、二人目と同じように地面へと転がった。

――なんとか凌《しの》げたようだ。

はぁ……まじで死ぬかと思った……。

どう考えても、まともにやりあっても勝てないもんね……。

「…………」

「あっ……」

額の汗を腕で拭っていると、奥にある曲がり角から女の子がこちらを覗き込んでいることに気が付いた。

あのまま逃げたと思っていたのだけど……俺たちのことを気にしていたらしい。

俺は急いで女の子のもとに向かう。

「大丈夫でしたか……?」

俺は英語を話せないし、先程日本語が通じていたようだったので日本語で話しかけてみた。

すると――。

『凄い……アニメみたいです……』

何やら女の子は、頰《ほお》を赤く染めながらジッと見つめ返してきた。

吸い込まれそうなほどに大きくて澄んだ、碧眼《へきがん》の瞳。

筋が通った高くて小さな鼻に、薄すぎず厚すぎない桃色の綺麗《きれい》な唇。

日本人離れした純白の肌といい――帽子で気付かなかったけど、この子凄く美人だ……。

何より、女性特有のある一部分が驚くほど大きい。

「危ないところを助けて頂き、ありがとうございました」

女の子に見惚《みと》れていると、彼女は日本語でお礼を言ってきた。

「私《わたくし》は、ルナ・スウィート・クリスティーナ・ハート・アルカディアと申します。気軽にルナと呼んで頂ければと」

そう自己紹介をする彼女は、光のように輝く金色の髪を風に靡《なび》かせながら、見惚れるほどにかわいらしい笑みを向けてきたのだった。

「――ル、ルナ、スウィート、クリス……？」

名前が長くて覚えられなかった俺は、覚えている限りを口にしながら彼女を見る。

外国人って、こんなにも名前が長いの……？

一度じゃ覚えられなくない……？

「ふふ……ルナ、で結構ですよ？」

戸惑っている俺を見て、ルナと名乗る女の子はクスッと笑みを浮かべる。

あんな怖い目に遭ったばかりだというのに、随分と落ち着いた子だな……。

「あっ、えっと……俺は、桐山聖斗です。よろしくお願いします……」

とりあえず、俺も自己紹介をしてみた。

「聖斗様……」

彼女は再度ジッと俺の顔を見つめながら、噛《か》みしめるように俺の名前を口にする。

瞳は熱を帯びているかのように、少しトロンッとしていた。

「様はいらないですね……」

お嬢様か何かなのだろうか？

口調も丁寧だし、仕草も上品さが窺《うかが》える。

もしかしたらそれで、変な奴《やつ》らに攫《さら》われそうになっていたのかな？

「いえ、聖斗様、とお呼びさせて頂きたいです」

「そうですか……」

どうやら、俺のお願いは聞いてもらえなかったらしい。

変なところでこだわりがあるものだ。

まぁ、そう呼びたいって言うなら、仕方ないけど……。

「場所移しながら話をしましょうか。警察に連絡をしたほうがいいですよね？」

男たちが復活したら今度こそやばいので、俺は奥に続く道を指さしながら話を続ける。

しかし――。

「駄目、です……。警察への連絡は、してはいけません……」

ルナはあからさまにぎこちない様子で嫌がった。

何やら訳アリのようだ。

「でも、誘拐されそうになってたんですよ……？」

「警察は、駄目なのです……」

警察が駄目……？

……はっ⁉

もしかして、裏で警察を手懐《てなず》けているような、凶悪な組織が相手だったとか……⁉

――なんていう馬鹿《ばか》な考えが頭を過《よぎ》り、俺はアニメの見すぎだな、と自分を諌《いさ》めた。

普通に考えてそんなことありえない。

……いや、誘拐自体が普通はありえないことだから、起きた以上は警察の件もあながちないとは言えないかも……？

「では、どうしたらいいですか……？」

とりあえず、被害者であるはずの女の子が駄目だと言うのなら、警察に連絡したところでどうしようもない。

だから、彼女の考えを聞いてみた。

「…………」

ルナは口元に手を当て、真剣に考え始める。

そして――。

「匿《かくま》って、頂けませんか……？」

とんでもないことを言ってきた。

「えっ⁉」

「実は私、先程の方々から逃げている最中なのです……。捕まってしまいますと、望んでもいないことをさせられますので……。数日でよろしいですから、匿って頂けませんか……？」

もしかして、さっきの男たちは借金取りなのだろうか？

捕まったら身売りをさせられるから、必死に逃げている感じかな？

確かに、かなり怪しい男たちだったし……暴力団関係者と言われたら、納得してしまいそうな風貌だった。

正直、そんな人たちとこれ以上関《かか》わるようなことはしたくないのだけど……。

考えを整理していた俺は、チラッとルナの顔を見る。

「…………」

ルナは縋《すが》るような目をしながら、ジッと俺の顔を見つめてきていた。

こんなにもか弱い子を、見捨てることなんてできないもんな……。

そもそも、一度関わってしまった以上は、あの男たちに目を付けられているだろうし……。

この子を説得して、警察に行かせたほうが良さそうだ。

「わかりました、数日であればなんとか……」

幸い今は夏休みであり、いつも以上に自由が利《き》く。

たった数日であれば、あの男たちに見つからないようにできるだろう。

「本当ですか……⁉」

「困った時はお互い様ですからね。ただ――」

俺は現在訳あって一人暮らしをしていることと、匿っている間は外出を控えてもらうことを伝えた。

すると――。

「好都合でしかありません……！」

なぜか、喜ばれてしまった。

あれ、おかしいな……？

この子、身の危険とか感じないのだろうか？

こう見えても一応、俺は男なんだけど……？

天然そうに見えるし、よく考えていないのかもしれない。

「それではすぐに俺の家に行きましょうか。この近くですので」

この辺の道は熟知しているので、男たちがいた場所から鉢合わせしない抜け道を通ることにする。

ルナは文句も言わず、俺の後をついてきてくれていた。

その道中――。

『あっ、下着……』

ルナが、ボソッと何か呟いた。

「何か言いましたか？」

「その……」

尋ねると、ルナは言いづらそうにモジモジと体を揺すり始める。

心なしか頬も赤くなっているのだけど……どうしたんだろう？

「問題でもありましたか？」

「えっと……服はお借りするとしても、その……下着の替えがないことに気付きまして……」

「あっ……」

ルナに指摘されて気が付いた。

一人暮らしをしている俺の家には、女ものの下着なんてあるはずがない。

実家に帰れば妹の下着を借りることもできるだろうけど――あまり使いたくない手だ。

持ってきてくれ、なんて言った日には軽蔑《けいべつ》されかねないし。

となると、買いに行かないといけないのだけど……。

「いったん家に帰って、変装をして出かけましょうか……」

このまま出歩くのは危険なので、俺の服を貸して変装してもらうしかないだろう。

さすがに女性の下着を一人で買う度胸はないので、彼女に買ってもらわなければいけない。

「わかりました、それではそのようにお願い致します」

ルナも納得してくれたようなので、いったん予定通り俺は自分の住んでいるマンションを目指すのだった。


『――この運命的な出会いに、感謝致します……神様……』

◆

「これで、後はゆっくりできますね」

無事下着も買ってこられた俺たちは、俺の部屋でホッと息を吐《は》く。

変な人たちに絡《から》まれることがなくてよかった。

「とりあえず、寝室のほうを使ってください。俺はリビングで寝ますので」

ベッドは女の子に使わせてあげたほうがいいと思い、寝室へと案内をする。

「リビング……お布団《ふとん》ありますか……？」

リビングで寝るというのが引っかかったんだろう。

ルナは心配そうに見てきた。

「ソファで寝ますので」

不安げな表情で見てくるルナに対し、俺は笑顔を返す。

ソファで寝るのはきつそうだけど、数日程度なら我慢できるだろう。

女の子をソファで寝させるよりは、俺が寝たほうがいいに決まっている。

――と思ったのだけど……。

「なりません、そのようなことは……」

なぜか、ルナが止めてきた。

突然両手を包むように手を取られ、俺は固まってしまう。

「お体によろしくありませんよ……？」

「で、ですが、ベッドは一つしかありませんし……」

わざわざこのために、新しい布団を買うようなお金はない。

「一緒に寝ましょう。私はかまいませんので」

「えぇ⁉」

この子、いったい何を言い出しているんだ⁉

そんな、一緒にだなんて……！

「ご迷惑をおかけしていますので、私は大丈夫です」

ニコッととても優しくてかわいらしい笑みを向けてくるルナ。

この子、絶対天然が入っていると思う。

だって普通は、付き合ってもいない男と寝るなんてありえないから。

「そういうわけにもいかないですよ……！　俺だって男ですから、危ないです……！」

「危ない、とは？」

ルナはキョトンとした表情で、小首を傾《かし》げてしまう。

俺が端折《はしょ》った部分を理解していないようだ。

言いづらくて濁したのに、こう返されると困ってしまう。

「いや、だから、その……！」

「聖斗様は、私に危害を加えるような御方には見えませんが……？」

「そりゃあ、意図的に加える気はありませんけど……万が一ってことがありますし……」

彼女はとてもかわいいのだから、無防備な姿《すがた》を晒《さら》されて我慢できる自信なんてない。

本当に、この世の存在とは思えないレベルで綺麗なのだから。

「それでは、私がソファで寝させて頂きます」

俺が引かないと思ったのか、ルナは突然厄介なことを言い出した。

「さすがにそういうわけにはいきませんよ。ルナは女の子なんですし」

「ご厄介になっているのは私なのですから、一緒に寝るのが駄目なのでしたら、私がソファで寝させて頂きます」

「う～ん……」

ルナはまじめで優しい子なんだろう。

こういう時、男なんだからソファで寝てくれって言えばいいのに……。

「やっぱり女の子をソファに寝させて、自分はベッドに寝るなんてことは……」

「では、やはり一緒に寝ましょう？」

「――っ⁉」

不意打ちで顔を覗き込まれ、俺は息を呑《の》んでしまう。

お嬢様のようにおしとやかな雰囲気を纏《まと》っていながら、意外とグイグイ来てるような……？

「私はかまいませんので」

果たして、超絶美少女相手にこんなことを言われて、断れる男はいるのだろうか？

少なくとも、俺はもう無理だ。

女性経験なんてほとんどないのに、こんなふうに誘われ続けて断れるはずがない。

「わかりました……」

「決まりですね」

頷くと、ルナはとてもかわいらしく笑みを浮かべる。

本当に、俺と寝ることに対してなんとも思っていなさそうだ。

「とはいえ、まだ寝るにはお早いですよね……？」

現在、時刻は十六時過ぎ。

晩御飯も食べていないし、お風呂《ふろ》にも入っていない。

当然、寝るにはまだ早い。

「この部屋でのんびりして頂いてもかまいませんし、リビングでくつろいで頂いても大丈夫ですよ？」

「聖斗様は、普段何をしてお過ごしなのですか？」

ニコニコとした楽しそうな笑顔で、ルナは尋ねてくる。

「俺ですか？　俺は、宿題とかがなければアニメや漫画を見て――」

「アニメ⁉　漫画⁉」

「――っ⁉」

いったいどうしたというのか。

まるで餌を見つけた仔犬《こいぬ》かのような勢いでルナが食いついてきたので、俺は一歩後ずさる。

その開いた距離を、彼女はすぐに詰めて俺の顔を覗き込んできた。

「聖斗様は、アニメや漫画がお好きなのですか……⁉」

なぜかルナは興奮しており、瞳をキラキラとさせながら聞いてくる。

ちょっと圧が強い。

「え、ええ、好きですよ……？」

日本に住んでいて、アニメや漫画が好きじゃない子はそういないだろう。

たいていの子供は好きなはずだ。

『好みも合っているなんて、やっぱり運命です……！』

ルナはとても嬉《うれ》しそうにしながら、包んでいる俺の手をスリスリと擦《さす》ってくる。

英語の早口で言われ、何を言ったのかは聞き取れなかった。

「ル、ルナ……？」

くすぐったいんだけど……。

「どういうアニメを見ておられるのですか……⁉」

「えっ、どういうって……特にこだわりとかはないですかね……。異世界ものとか、スポーツものとか、頭脳戦ものとか……暇があれば見てる感じですから……。それこそ、ラブコメも見ますし……」

俺はルナの圧に押されながら、正直に答える。

一人暮らしをしているものだから、普段から時間を持て余しているのだ。

部活に入るわけでもなく、アルバイトや塾に通ってもいないので、アニメや漫画を見て時間を潰《つぶ》している。

周りからは羨《うらや》ましがられると同時に、馬鹿にもされるような生活だろう。

しかし、ルナは――。

「素敵ですね……！」

なぜかこんな俺を肯定してくれる。

他人を見下さないいい子なようで、こうも肯定されると悪い気はしない。

というか、普通に嬉しかった。

「ルナも、アニメや漫画が好きなんですか？」

「はい、大好きです……！　そのために日本に来たと言っても過言ではありません……！」

それは過言な気がするけど……そっか、だからルナは喜んでくれているんだ。

「それじゃあ、一緒に見ますか？　配信サイトに登録してありますので、配信されているものでしたら見れますよ」

「本当ですか⁉　是非……！」

どうやら、乗り気になってくれたようだ。

俺はルナを連れてリビングに行き、パソコンをテレビに繋《つな》ぐ。

「何を見ますか？」

「おすすめでお願いします」

おすすめか……そう言われるのって、意外と困るんだよな……。

相手のことを理解している場合難しくもないが、俺はまだこの子の好みを知らない。

せっかくなのだから楽しんでもらいたいし、喜んでもらいたい。

ここはよく考えないといけないだろう。
俺は何を見せたらルナが喜ぶのかを考える。
ルナもアニメが大好きとのことだし、最近放送されているものは見ているだろう。
となると、俺たちが幼い頃に放送されていたものがいいかもしれない。
そう思った俺は、昔やっていた女の子向けの大人気アニメを選んだ。
そして、ソファに座っているルナの隣に腰を下ろすと――。
「……♪」
「――っ⁉」
ルナは突然俺の腕に抱き着いてきた。
その上、俺の肩に頭を乗せてくる。
顔と首にルナのサラサラでフワフワとした髪が擦《こす》れて、少しくすぐったかった。
女の子にこんなことをされるのは慣れていない俺は、体がガチガチに固まってしまう。
当然、アニメどころじゃなくなるのだった。
――うん、この子まじでグイグイ来すぎじゃない……？

◆

「そろそろ晩御飯の準備をしますね」

アニメを見ながらルナに翻弄されること数時間。

お腹《なか》が空いてきたので、俺は料理を作ることにした。

もちろん、炊飯器は既にセット済みだ。

「本当にお料理をされるのですね……」

「あはは、料理は下手そうに見えますか？」

感心したように見てくるルナに対し、俺は笑顔で首を傾げる。

「いえ、そうではなく……日本では高校生の自炊は珍しいのではないかと……。そもそも一人暮らし自体が、珍しいですよね？」

ルナがいつから日本にいるのかは知らないけど、日本人に関してある程度の知識はあるらしい。

そんな彼女から見たら、俺は変わっているように映るんだろう。

「まぁ、部活とかで県外に出る以外では、そうないことかもしれませんね」

「聖斗様は、どうして一人暮らしをされておられるのでしょうか？」

俺に興味を抱いてくれているのか、ルナはジッとこちらを見つめてくる。

物怖《ものお》じしないというか、相手の懐《ふところ》に飛び込むことを躊躇《ちゅうちょ》しないのは素直に凄いと思う。

天然が入っているようだし、深く考えていないだけなのかもしれないけど。

「聞いても楽しい話ではありませんよ？」

「聖斗様のことですから、知りたいのです」

「……………」

ここまで好意を一切《いっさい》隠さないのも凄いな。

どうやら俺は、助けたことで彼女に気に入られたらしい。

それは、嬉しいんだけど……正直、距離感を掴みかねている。

「えっと……実は、父親が去年再婚したんです。しかも、長いことお隣さんだった相手と」

自分に対して好意的な女の子が聞きたそうにしていたことで、俺は胸に秘めていたことを打ち明けてみた。

「お隣様ということは、交流があったのですか？」

ルナは察しがいいようで、俺が抱えている問題に近付いてきた。

彼女の言う通り、幼い頃から交流があったし、深い付き合いと言えるものだっただろう。

だけど、単純にお隣さんだったことが問題ではない。

ラブコメでよくあるようなことが、俺にもあったのだ。

「そうですね……実は、相手にも子供がいて……彼女と俺は、幼馴染《おさななじみ》だったんです」

「……………」

幼馴染と聞いた瞬間、ルナの表情がわかりやすく曇る。

やはり察しがいいようだ。

「仲は、よろしかったのでしょうか……？」

「どうでしょうね、今となってはわかりません」

二年くらい前なら、仲がいいと答えたかもしれない。

だけど今では……そう思っていたのは俺だけだったのかもしれない、と思っていた。

「何かあったのですか？」

本当に、グイグイと聞いてくるな……。

あまり話したいことではないのだけど……ここまで話しておいて、都合が悪いことについては黙るというのも良くないか……。

「告白をしたんですけど、振られたんです」

俺は空気が重くならないよう、笑顔を作って質問に答えた。

「――っ。……それは、悲しいことですね……」

だけどやっぱり、気にさせてしまったんだろう。

ルナは数秒間《ま》を空けた後、言葉通り悲しそうに目を伏せた。

しかしこれは、俺にとってまだ割り切れることだった。

いくら幼馴染だとはいえ、付き合えない可能性も考え、ちゃんと覚悟していたのだ。

だから、振られてもなんとか平静を保ててはいた。

問題はその後だった。

俺にとって、耐え難《がた》い出来事が起きたのだ。

「それからすぐのことでした。父さんたちが再婚すると聞かされたのは」

あの時はまじで地獄かと思った。

振られた相手と一緒に暮らすことになったのだから、それも当然だ。

気まずすぎて、生きた心地がしないほどだった。

「タイミングが悪かったのですね……」

「まぁ、父さんたちは俺が告白をして振られたってことは知りませんでしたし、仲のいい幼馴染だと思っていたでしょうから、文句なんて言えないんですけどね。ただ、気まずさのあまり……高校入学と同時に、一人暮らしをさせてもらったんです」

だから今は、高校に徒歩で通えるマンションに一人で住まわせてもらっている。

妹になった幼馴染も同じ学校だけど、クラスは違うので顔を合わせる機会はだいぶ減った。

少なくとも今では、振られた時のことをそこまで引きずってはいない。

「現実は、アニメや漫画のようにはいきませんよね……」

ルナは優しく俺の体を抱きしめてくる。

慰めようとしてくれているんだろう。

会ったばかりのかわいい女の子にこんなことをされて、平静でいられるはずがない。

俺はバクバクととてもうるさく鳴っている鼓動をなんとか我慢し、平静を取り繕って笑みを浮かべた。

「過去の話ですから、今はもうそこまで気にしていません」

関係ない彼女にこれ以上心配をかけたくない。

そういう気持ちだった。

『……家から出ないといけないほどに引きずっているのに、気にしていないはずがありませんよね……』

俺の言葉を聞いたルナは、ボソッと何かを呟《つぶや》く。

その言葉は英語で小声だったので、俺はよく聞き取れなかった。

「なんて言ったんですか？」

気になってしまい、思わず尋ねてしまう。

「なんでもありません。聖斗様がお気になされておられないのでしたら、よかったです」

ルナはニコッとかわいらしい笑みを浮かべて、俺から離れてしまう。

なんでもないようには見えなかったけど……教えてはくれないようだ。

「一点、お伺いしてもよろしいでしょうか？」

「えっ？　もちろんですけど……」

「聖斗様は、彼女さんはいらっしゃらないのですか？」

「――っ⁉」

突然踏み込んだ質問をされ、俺は息を呑んでしまう。

「い、いませんけど……？」

「そうですか、わかりました」

俺が答えると、ルナはニコニコの笑顔で満足そうに頷いた。

いったい何をわかったというのだろうか。

やっぱりルナとの距離感を摑めない。

『幼馴染は困りますが……一度切れた縁でしたら、問題はないでしょう。彼女さんもいないとのことですし……頑張りませんと……』

「ルナ……？」

俺に背を向けたルナは何やら一人ブツブツと呟いているようだったので、声をかけてみた。

すると、彼女はクルッと俺のほうを振り返ってニコッと笑みを向けてくる。

「何かお手伝いできることがありましたら、遠慮なくおっしゃってくださいね」

「……？」

なんだか誤魔化《ごまか》された気がしたが、ルナの笑顔があまりにも素敵すぎて、俺はわざわざ突《つつ》く気にはなれないのだった。

◆

「――はぁ……とてもおいしかったです」

晩御飯を食べ終えたルナは、満足そうに笑みを浮かべた。

堪能してくれていたようなので、俺も作ったかいがある。

「お口に合ったようでよかったです」

「聖斗様はお料理もできて、素敵ですね」

「そうですかね……？」

ルナはすぐに褒めてくれるので、俺は照れくさい気持ちになりながら食器を流しへと運ぶ。

彼女も俺と同じように茶碗やお皿を持ってくると、ソワソワとしながら俺の顔を見上げてきた。

「どうかしました？」

「私、お皿洗いをするのは初めてです」

どうやら彼女は皿洗いをするつもりらしい。

それで落ち着きがないのか。

「座っていてくださってかまいませんよ？　俺のほうで洗っておきますので」

俺にとってルナはお客さんなので、皿洗いをさせるのは気が引ける。

だからそう言ったのだけど――。

「したいです……」

ルナは悲しそうに俯《うつむ》きがちになりながら、俺の服の袖《そで》を指で摘《つま》んできた。

それはまるで、拒絶を恐れているかのように見える。

確かに、先程《初めて》と言っていた時はどこか楽しそうだった。

やったことがないということで、チャレンジしてみたかったんだろう。

「では、俺が洗いますので、布巾《ふきん》で水を拭き取ってもらえますか？」

ルナの気持ちを尊重し、俺は手伝いをしてもらうことにする。

『押さえつけることなく私の気持ちを尊重してくださる……。やはりお優しい御方です……』

ルナはニコニコとした笑顔で何かを呟いた後、流し台にかけてあった布巾を手に取った。

そして俺が洗ったものから順に、丁寧に水を拭き取っていく。

やっぱり素直でいい子なんだろう。

見た目も凄くかわいいし、仕草は上品だし、性格も素直で優しいし――ルナと一緒に暮らせるのは、かなりの幸運だと思った。

だけどそれも数日限りなので、少し残念だ。

「――お風呂を入れましたので、お先にどうぞ」

食器洗いを終えた後、俺はルナに風呂へ入るよう促《うなが》した。

「あっ、着替え……。聖斗様のタンスを拝見させて頂いてよろしいでしょうか？」

「もちろんですよ」

彼女の下着は買ったものの、着替えの服は買っていない。

あまり外を出歩くリスクを取りたくなかったことと、ルナ自身が必要ないと言ったことが理由だ。

服に関しては、俺から借りる予定でいるらしい。

当然サイズは合わないだろうけど、普段のサイズより大きいだけなのでそこまで問題はないだろう。

「ありがとうございます」

ルナは嬉しそうに笑うと、寝室のほうへと歩いていく。

わざわざついて監視をする必要はない。

天然が入ったとぼけたところはあるけれど、基本的にいい子のようだから悪さはしないはずだ。

そう思ってリビングで待っていると――。

「あの、聖斗様……？」

「はい――っ⁉」

弱々しい声に振り返ると、なぜかバスタオル一枚を体に巻き付けて、他は何一つ身に纏っていないルナが立っていた。

なぜ――という気持ちと同時に、俺は彼女の煽情《せんじょう》的な姿に視線を吸い寄せられてしまう。

ルナが元々着ていた服は、夏なのになるべく肌を出さないようにしている、上品なものだった。

逆に今は、胸から太ももまでしか肌を隠すものがなく――普段服によって隠されている部分が見えているせいで、余計に興奮を掻《か》き立《た》てられる。

胸以外は細くて華奢《きゃしゃ》な体をしていると思っていたけれど、こうして見ると全身に程よく肉が付いており、とても柔らかくて触り心地が良さそうだ。

何より、バスタオルを懸命に腕で押さえている女の子という構図が、既にやばかった。

腕で落とさないようにしているものの、タオルの下側を押さえることができていないため隙間《すきま》が生まれており、そこからはチラチラとルナの鼠径《そけい》部が見え隠れする。

その上、恥ずかしさのせいか顔を赤く染め、潤んだ瞳でこちらを見つめているので――こんな姿を見せられて、男が興奮しないわけがなかった。

「ななな、なにして⁉」

「体の洗い方が、わからなくて……」

動揺しながら尋ねた俺の質問に対し、ルナは信じられないことを言ってきた。

「そんなわけないでしょ……!?　からかっているんですか……!?」

普通に考えて、清潔な体をしている彼女が体の洗い方を知らないわけがない。

もし本当にわからないのなら、今までどうしていたんだ、という話になってくる。

「ち、違います……！　本当に、わからないのです……！」

ルナはブンブンと一生懸命首を横に振る。

そのせいで胸は大きく横に揺れるわ、タオルはずれて見えたらいけない部分が見えそうになるわで――童貞には、刺激が強すぎた。

もしかして、誘っているのだろうか？

天然に見えていたのは、全《すべ》て演技？

そう疑ってしまいたくなる。

「じゃあ、今まではどうやって入っていたんですか……!?」

「いつもは、洗って頂いていましたので……。自分でするとなると、わからないのです……」

体を洗ってもらう？

いったい誰《だれ》に？

「本当に、わからないんですか……？」

「はい……。教えて、頂けませんか……？」

ルナは恥ずかしそうに目を逸《そ》らし、指で髪を耳に掛けながらお願いをしてきた。

彼女が嘘《うそ》を言っているようには見えない。

信じられないことではあるが、ルナは本当に体の洗い方がわからないようだ。

今まで、どういった生活をしてきたんだ……。

「わかりました、ついてきてください……」

俺はルナの体をなるべく見ないように気を付けながら、彼女の隣を通り抜ける。

そして風呂場に行くと、シャワーの使い方や、シャンプー、コンディショナーなどを使った体の洗い方を説明した。

「――わかりました、ありがとうございます」

ルナは一度で覚えたようで、かわいらしい笑みを浮かべながらお礼を言ってきた。

バスタオル一枚で男の前に出てくることといい、彼女は本当に危機感が薄い。

悪い男に保護されなくてよかったと、心底思った。

「それでは、ゆっくりしてください」

とりあえず、風呂場のドアを閉めてすぐにリビングへと戻った。

どんだけ頑張っても彼女のバスタオル姿が頭から離れないが、忘れるしかないだろう。

夜は一緒に寝ることになっているのだし、このままだと我慢ができなくなってしまう。

俺はそのまま、ルナがお風呂から上がってくるのを待つ。

すると――。

「お待たせしました」

「――っ⁉」

髪をほんのりと濡《ぬ》らしたまま出てきたルナは、今度は俺が普段学校で着ているワイシャツのみを身に纏っていた。

いや、パンツは穿《は》いているようだが……。

「あの、他にも服はありましたよね……⁉」

「彼シャツ、というものです。憧《あこが》れていましたので、この機会に着てみました」

ルナはほんのりと頬を赤く染めながらはにかんでしまう。

一応、恥ずかしいという気持ちはあるようだ。

それにしても、やっていることが大胆すぎる。

そもそも、彼シャツの意味をちゃんと理解しているのだろうか？

「風邪を引きますから、ちゃんとした服を着てください……！」

「嫌です……！　私は、これがいいのです……！」

説得をしようとすると、ずっと素直でいい子だったはずのルナがまるで幼子かのように、ブンブンと首を左右に振って嫌がった。

アニメや漫画が大好きということで、ラブコメでよく出てくる彼シャツに強い憧れがあったようだ。

——いや、うん。

なんでそれを今したがるんだ……。

そうツッコミを入れたくなるけど、ルナが必死なので取り上げるのが可哀想《かわいそう》になってくる。

そもそも、今取り上げてしまうと彼女は下着姿になってしまうので、下手に取り上げることもできないのだけど。

今日だけは、見逃したほうがいいだろうか……？

「はぁ……わかりました、今日だけですからね……？」

「——っ！　はい……！」

認めると、ルナはパァッと表情を輝かせた。

本当にこの格好がいいようだ。

やっていることには困るけれど、嬉しそうな彼女はとてもかわいくて……なんとも言えない感情を抱いてしまった。

「それよりも、髪を乾かしましょう」

ルナの髪はほんのりと濡れているので、タオルで拭き取っただけなのだろう。

体の洗い方もわからないくらいだから、ドライヤーの使い方もわからなかったんじゃないだろうか。

「あっ……乾かして頂けますか……？」

期待したようにチラッと俺の顔を見上げてくるルナ。

どうやらやってもらいたいらしい。

「慣れないことですから、うまくできないかもしれませんよ？」

「かまいません、聖斗様にして頂けるのであれば」

なんというか、彼女は甘え上手だな……。

俺はそう思いながら、ルナの髪を優しく丁寧にドライヤーで乾かすのだった。

◆

「…………」

「聖斗様、眠たいのですか？」

お風呂から上がってルナと一緒にアニメを見ていたのだけど、気が付くと意識が遠ざかっていた。

「すみません、今日はいろいろとあって疲れているようです……」

変な男たちと戦ったり、全力で逃げたり、ルナの煽情的な姿や行動に振り回されたりと、心身ともに疲れていた。

「それでは、歯磨きをして寝ましょうか」

「ルナは、まだアニメを見ていてもいいんですよ？」

時刻としては二十二時くらいだろう。

彼女は熱心にアニメを見ていたのだし、付き合わせるのは可哀想だ。

しかし――。

「いいのです、アニメは明日も見ることができますので」

どうやらルナは一緒に寝るつもりのようだ。

相変わらず彼シャツの格好をしたままだし、この姿で一緒に寝られると眠気なんて吹っ飛びそうなんだけど……。

――結局ルナは引かず、俺たちは歯磨きをして寝室へと向かう。

「先にお入りください」

ベッドのところに行くなり、ルナは俺に入るよう言ってきた。

だから言われた通り俺はベッドに入り、掛け布団を持ち上げる。

すると――。

「えへへ……」

ルナはかわいらしい笑い声を漏《も》らしながら、嬉しそうに布団の中に入ってきた。

あまりにもかわいすぎるので、俺は手を出さないように彼女に背を向けた。

「……どうして、壁を見ておられるのですか？」

俺の行動がお気に召さなかったようで、不満を含んだ声でルナが話しかけてくる。

「慣れないことなので……」

女の子と一緒に寝るのなんて、幼馴染と寝た小学校の低学年以来だ。

緊張しないはずがない。

「……こちらを、向いてください……」

「——っ⁉」

ピトッと背中にくっつかれて、俺は心臓が口から出そうになる。

やっぱりこの子、グイグイ来すぎだよ……。

「な、なんですか……？」

「………」

理由を尋ねると、ルナは指で俺の背中をなぞり始めた。

文字を書くわけでもなく、単純に背中をなぞっているだけのようだ。

「くすぐったいですよ……」

「こちらを向いてください……」

どうやら、俺がルナのほうを向くまでやめないつもりらしい。

こんな行動もいじらしくてかわいいと思うのは、ルナにのぼせてしまっているのだろうか？

「これで、いいですか……？」

ルナのかわいさに負けた俺は、彼女のほうを向く。

それによって、ルナは――。

「……♪」

俺が背中を向けるのを防止するためか、俺の胸にくっついてきた。

「ちょっ、やりすぎですよ……！」

もうやりたい放題じゃないか！

いや、嬉しいけど……！

嬉しいけどこれは、いろいろと困るって……！

女性経験がほとんどない男にとって、ルナの取る行動がどれだけ刺激的か考えてほしい。

そんな彼女はといえば――。

「私、怖かったんです……」

先程までの笑顔はいつの間にか消えており、何やら神妙な様子で胸の内を吐露し始めた。

そういえば、天然な様子に振り回されて忘れガチになっていたけど、彼女は訳アリだった。

もしかしたら、無理して明るく振る舞っていただけなのかもしれない。

そう思った俺はルナを離そうとするのはやめて、彼女の話を聞くことにした。

「それは、俺と暮らすことに関してですかね？」

「いえ、違います……。逃げ出したことが、私にとってとても大きな賭《か》けだったのです……。捕まれば、全てが終わりでした……」

ルナの境遇については聞かないようにしていた。

結構闇《やみ》が深そうだったので、傷つけないように彼女が自分から話してくれるまで待とうと思っていたのだ。

だからよくは知らないのだけど、捕まってしまうとしたくないことをさせられるということは教えてくれていたので、それがよほど嫌なことなんだろう。

「ただ逃げるだけでも駄目でした……。それでは時間稼ぎにしかならず、根本的な問題の解決にはなりませんので……」

「その言い方だと、今は根本的な問題の解決になったんでしょうか……？」

ルナは、数日俺の家で匿うだけでいいと言った。

先程の言い方から考えても、既に問題は解決の方向に動いているんじゃないだろうか？

どうしてそうなったのかは、まだ見えてこないけど。

「はい、聖斗様のおかげでおそらくは……。本当に、ありがとうございます……」

ルナはそう言うと、スリスリと顔を俺の胸に擦《こす》り付けてきた。

その行動はまるで、甘えてきているように感じる。

「俺がしたのって、変な男たちから助けただけですけど……。どうして、それが根本的な解決に……？」

今俺が知っている情報だけだと、ルナはまだ逃げているだけだ。

何も根本的な解決をできたとは思えない。

「いずれ、おわかりになると思います。今お話しできないことを、お許しください……」

どうやらまだ話せないらしい。

いったいルナが何を待っているのか。

それは気になるけど、いずれわかるのならその時まで待てばいいだけだ。

素直でいい子の彼女が話せないというのだから、よほどのことなんだろうし。

「わかりました、それまで待ちますね」

『……本当に、お優しい御方……』

ルナはボソッと英語を呟くと、再度顔を擦り付けてきた。

こんなことをされると頭を撫《な》でて甘やかしたくなるのだけど――グッと、我慢をした。

女の子の髪に気安く触れてはいけないというのは、既に学んでいる。

「聖斗様……」

「はい？」

「抱きしめて頂けませんか……？」

「えっ⁉」

欲望を必死に我慢していると、なぜかルナのほうから誘ってきた。

いくら海外は日本よりこういったことで進んでいるとはいえ、ここまでグイグイ来るものなのだろうか……？

「そうして頂くと、安心して眠ることができそうなので……」

「あっ……」

なんだ、そういうことか。

今まで大変な目に遭っていただろうルナは、安らぎがほしいんだろう。

よくくっついてきているのも、安心を求めてなのかもしれない。

「こ、こうでいいですか……？」

「あっ……はい♪」

優しく抱きしめると、ルナの声がわかりやすく弾んだ。

そして、彼女も俺の体に手を回してくる。

まさか、付き合っていない子と抱き合って寝る日が来るなんて、夢にも思わなかった。

――もちろんこの後は、俺はドキドキとして全然眠れなかったのだけど。

女性経験がない男に、これは刺激が強すぎるよ……。

◆

翌朝――目を覚ました俺は、端的《たんてき》に言ってギョッとした。

目の前に、俺が学校で着ているシャツを身に纏った超絶美少女が、無防備な姿で眠っていたからだ。

寝ている際に動いていたのだろう。

片方の白い肩が襟《えり》部分から顔を出しており、裾《すそ》もお腹のところまで捲《めく》れてしまっている。

「そういえば、一緒に寝たんだった……」

さすがに思春期の男子には目の毒なので、俺は彼女の乱れた服を直しながら昨日のことを思い出した。

実は夢だった、となっても驚かなかったというか、普通は夢を見ていた――と考えてしまうような出来事だったのだけど、昨日のことは現実だったらしい。

それは、目の前で寝ているルナが証明している。

「今、何時なんだろ……？」

そう思ってスマホを見ると、もうお昼と呼べる時間帯だった。

彼女にくっつかれていたことで全然眠れず、眠りについた時間が遅かったのが理由だろう。

「ルナは、朝が弱いのかな……？」

彼女は結構早く眠りについていたはずなのだけど、今もスヤスヤと眠っている。

大変な目に遭っていたようだし、疲れも溜《た》まっているのだろう。

「やっぱり、かわいいよな……」

脱力しきって眠る彼女の顔は、無邪気な子供のようにかわいらしい。

安心して眠る姿を見ていると、胸が熱くなった。

いつまで匿い続けられるかはわからないけれど、叶《かな》うことならこのまま安全な暮らしを続けさせてあげたい。

そう思いながら、俺は思わず彼女の頬に手を伸ばしてしまう。

「んんっ……？」

「あっ……」

頬に触れたことで刺激を与えてしまい、ルナは目を覚ましてしまったらしい。

焦点の定まらない寝ぼけた瞳で俺の顔を見つめてくる。

「ごめん、起こしちゃったね……？」

せっかく気持ちよく寝ているところを起こしてしまったので、俺は素直に謝る。

すると、なぜかルナの瞼《まぶた》が大きく開いた。

「聖斗様……！」

「なっ⁉」

突然ルナが俺の胸に顔を押し付けてきて、俺は一気に心拍数が跳ね上がってしまう。

そんな俺の様子に気が付かずに、彼女は――。

『よかった……夢ではなかった……』

何やら、安堵《あんど》していた。

英語ということは、俺に対して言った言葉ではなく独り言なのだろう。

もしかして、怖い夢でも見たのかな？

「大丈夫ですよ、何も怖いことはありませんから」

ルナの行動には驚いたけれど、何やら怖い思いをしていたようなので、俺は優しく背中を擦《さす》ってみた。

これで落ち着いてくれたらいい。

そんなことを考えながら。

「聖斗様……ありがとうございます……」

俺の行動は正解だったようで、ルナは頬を緩ませながら目を瞑った。

そして、俺の胸に押し付けている顔をスリスリと擦り始める。

当然、耐性がない俺はそんなことをされて平然としてはおれず、ただでさえ激しかった鼓動が更に激しくなった。

だけど、それ以上に――安心を嚙みしめるかのような姿に、胸がギュッと締め付けられる感覚に襲われた。

どうしてこんなにも優しそうな子が、辛《つら》い目に遭わないといけないのだろう。

そう嘆かずにはいられない。

「落ち着くまで、こうしていてもいいですからね？」

「はい……お言葉に、甘えさせて頂きます……」

ルナはそのまま、数十分もの間俺の胸から離れないのだった。

『聖斗様と出会えて……本当に、よかったです……』

第二章　別れの日

yuukai saresouni natteirukowo tasuketara oshinobide asobini kiteita ohimesama dattaken

ルナと仲良く暮らし始めて、五日が経《た》った頃――。

「聖斗《せいと》様……」

突然、ルナが後ろから抱き着いてきた。

「ど、どうしたんですか？」

彼女のスキンシップには相変わらず慣れず、俺《おれ》はバクバクとうるさい鼓動を気にしないようにしながらルナに声をかける。

「お約束の日が、来てしまいました……」

「えっ……？」

お約束の日って――もしかしなくても、今日が別れの日なのか……？

昨日までルナは何も言わなかった。

いくらなんでも、突然すぎると思う。

「どうして、急に……？」

「元々、今日と決めていたのです……。お伝えすることができず、申し訳ございません……」

端《はな》からルナは、今日を別れの日と決めていたようだ。

それなら、言ってくれたらよかったのに……。

そう思わずにはいられない。

なんせ俺にも、心の準備が必要なのだから。

「今日じゃないと……駄目なんですか……？」

「これ以上日が経ってしまいますと、おそらく大騒ぎになってしまいますので……」

大騒ぎ？

ルナを捕まえていた組織が、ルナをあぶり出すために何か事件を起こすのだろうか……？

そんな男たちのもとに、彼女を帰したくはない。

「俺は大丈夫なので、いつまでもここにいてくれたらいいんですよ……？」

自分の体に回されているルナの手に、俺はソッと自分の手を重ねる。

当初の約束は数日ということだったが、この五日間何も問題は起きなかった。

俺はおかずなどを買いに外に出ているが、危ない連中に会うこともなかったのだ。

俺が学校に行きだしたら家で一人待っていてもらわないといけなくなるが、今まで通り生活はできるだろう。

卒業をしたら俺は働いてお金を稼ぎ、彼女を養う道だってある。

外に出られないことは彼女のストレスになるかもしれないが……危ない連中のもとにいるよりは、マシのはずだ。

しかし――。

「ありがとうございます……。聖斗様は、本当にお優しいですよね……。ですが、申し訳ございません。私は、帰らねばならないのです」

どうやらルナは、覚悟を決めているようだ。

彼女の意思を押さえつけるような真似はしたくないし、権利もない。

「そう、ですか……」

「あの、また抱きしめて頂けませんか……？　私に、勇気をください……」

ルナは俺の体から離れると、お願いをしてきた。

これが最後のおねだりなんだろう。

俺はルナのほうを振り返り、優しく抱きしめる。

「危ない真似は、しないでくださいね……？」

「大丈夫です。私はまた、聖斗様のもとに戻ってくるつもりなので」

それは、俺に対する気遣いなのだろう。

ルナは根本的問題の解決に向かっていると言っていたが、あの男たちのもとに戻るなら無事だとは思えない。

本当に、行ってほしくなかった。

その気持ちが伝わるように、ギュッと抱きしめる。

「——ありがとうございます、もう大丈夫ですので……」

少しの間抱きしめ合うと、ルナはトントンッと俺の背中を叩き、暗に放せと言ってきた。

ゆっくりと放すと、彼女は寂《さび》しそうな笑みを俺に向けてくる。

本当は彼女だって、帰りたくないんじゃ——そう思ってしまう。

「ルナ——」

「ごめんなさい、今から電話をさせて頂きます」

声をかけようとすると、先手を打たれてしまった。

俺が黙ると、彼女は再度笑みを浮かべて自身のスマホに電源を入れる。

俺と出会う前から彼女は電源を切っていたらしく、おそらくはGPS対策なのだろう。

彼女はそのまま、どこかに電話をかけ始めた。

『——はい、勝手をしたことは謝ります。私は大丈夫ですので——』

スマホからはキンキンキャンキャンと怒鳴る、女性の甲高い声が聞こえてきた。

英語というのもあり何を言っているかは全然わからないが、どうやら相手はかなり怒っているようだ。

ルナは落ち着いた様子で相手をしており、話がついたのか通話を切った。

そして、困ったように笑いながら俺の顔を見上げてくる。

「少々騒がしくなってしまいますが、お許しください」

「……なるほど、それは仕方ありませんね……」

どうやらルナは、この場所を先程の通話相手に教えたようだ。

俺を巻き込み危険に晒《さら》すような行為であり、普通なら信じられないことだろう。

だけど彼女は、優しくて気遣いができる子だ。

何も考えずにこの場所を教えたとは思えないし、何か理由があると思う。

俺は彼女を信じることにした。

これがもし天然によるやらかしだったとしても――それが俺の運命だった、と受け入れるしかない。

『……大丈夫、全《すべ》てうまくいくはずです……』

ルナは深呼吸をし、独り言を呟《つぶや》いた。

どこか緊張した様子なのは気になるが、もう後はなるようになるしかない。

やがて――

『――鍵《かぎ》を開けなさい!!』

部屋のドアが、ドンドンと勢いよく叩《たた》かれた。

声は女性のようで、先程の通話相手だろう。

「聖斗様、一緒に来て頂けますか？」

「ちょっ、その格好のまま出るつもりですか!?」

現在ルナは、初日と同じ彼シャツの格好をしていた。

初日だけという約束だったのに、結局彼女は着替えの度に俺のワイシャツを取り出し、この格好で居続けたのだ。

「こちらのほうが、話が早いですから」

ルナはニコッと笑みを浮かべ、俺の手を取る。

迎えが来るはずなのに服を着替えないからおかしいな、とは思っていたけど――まさか、この格好で出ようとするなんて思わなかった。

『早くお開けなさい!!』

『すぐ開けますから、そう怒鳴らないでください』

外から叫ばれる言葉に、ルナは優しい声で返しながらドアノブに手をかける。

そして、彼女がゆっくりとドアを開けると――。

『まったく、いったい何をお考えで――っ!?』

ドアの先にいた三十代くらいの眼鏡《めがね》をかけた厳しそうな女性が、ルナの格好を見るなり息を呑《の》んだ。

その隣には、俺やルナよりも幼く見える小柄《こがら》の少女が立っており、彼女も驚いたように目を丸くしている。

そりゃあ、そうだよな……と俺は思いながらも、想像していた人たちとは全然違う感じの人

たちが立っていたので、少し状況が呑めなかった。

『――い、いったいこれはどういうことですか……⁉　ご説明をして頂きたいです……！』

我に返った眼鏡の女性は、顔を真っ赤《まか》にして眉《まゆ》を吊り上げながらルナに詰め寄る。

めちゃくちゃ怒っているようで、ルナを庇《かば》ったほうがいいかと思ったのだけど――ルナに、手で静止されてしまった。

『………』

眼鏡の女性の隣にいた童顔の少女は、ジィーッと俺の顔を見つめてきている。

この子たちは、いったい何者なのだろう……？

『どういうことも何も、見ての通りです』

ルナは眼鏡の女性に対して、両手を広げて自身の格好を見せつける。

仕草的に格好の説明をしているんだろう。

……胃が痛くなってきた。

『まさか、その男性と……⁉』

『一緒に寝て、優しく抱き合いました。つまり、そういう関係にあります』

『――っ！』

ルナは何を話しているのだろうか？

まるで親の仇《かたき》でも見るかのような目で、眼鏡の女性が俺を睨《にら》んできた。

普通に怖いんだけど……？

『聖斗様をそのような目で睨むのは、おやめください』

英語がわからないせいで完全に置いてきぼりをくらっているのだけど、ルナが珍しく怒っているような表情を浮かべた。

どんな会話をしているんだろう……？

俺の名前が出たような気はするんだけど……。

『ご自分の立場を理解されておられないのですか⁉　婚約を結んだ身でありながら、このようなこと――！』

ルナが言ったことはよほどまずかったのか、既に激おこだった眼鏡の女性が更に目を吊り上げて怒鳴り始めた。

頭に角が見えそうなくらいの怒り具合だ。

『私は、その婚約に納得しておりません。お母様方が勝手にお決めになられたことです』

怒鳴り散らす女性に対し、ルナは平静を保つどころか凜《りん》とした態度で相手をしている。

一緒に過ごした日々では、彼女のことを天然で甘えたがりなお嬢様、というふうにしか見えていなかったが、また別の顔もあったらしい。

『我《わ》が儘《まま》をおっしゃるのはおやめなさい！　ただでさえ結婚をする前の思い出として、日本に遊びに行きたいという我が儘を言い、その願いを叶《かな》えた途端姿《すがた》をくらますなんて――母君や父君はお怒りですよ……！　その上、婚約者でもない相手と体の関係を持つなど、相手方になんとご説明をなさるおつもりか……！　婚約破棄になりかねませんよ……！』

どうしよう、止めたほうがいいかな……？

めちゃくちゃキレてるんだけど……。

英語がわからなくても余裕でわかるくらいに、眼鏡の女性は怒り狂っている。

そんな彼女を、正面から毅然《きぜん》とした態度で相手をしているルナは凄《すご》い。

『私は既に、そのつもりです』

『いい加減に――！』

ルナに対して、更に眼鏡の女性が怒ろうとした時だった。

童顔の少女が動いたのは。

『――いい加減にするのは、あなたのほう。いくら教育係だからって、口が過《す》ぎる』

『――っ⁉』

一瞬、何が起きたのかわからなかった。

童顔少女が動いた瞬間、眼鏡の女性が気を失って床に倒れ込んだのだ。

『アイラ……』

童顔少女のことを、ルナはアイラと呼んだ。

それがあの子の名前らしい。

『不愉快な思いをさせてしまい、申し訳ございません』

『いえ、いいのです。いつもありがとうございます』

ルナに対してアイラちゃんが頭を下げると、ルナは優しい笑顔を返した。

倒れた女性のことは心配しているようにないのだけど、大丈夫なのだろうか……？

「お騒がせ致しました」

話は終わりだ、と言わんばかりにルナは俺に話しかけてきた。

これ、ツッコんでもいいのだろうか……？

「その女性は、大丈夫なんですか……？」

「大丈夫です、意識を奪っただけなので」

俺の質問に対して、淡々とした様子でアイラちゃんが答えてくれた。

この子も、日本語を話すことができるらしい。

アイラちゃんは、銀色に輝く綺麗《きれい》な髪を生やす片目隠れのボブヘアーで、低身長と童顔というとても愛らしくてかわいらしい子なのだけど――態度がとてもクールだ。

先程の動きといい、いったい何者なのだろう……？

少なくとも、ルナを攫《さら》おうとしていた男たちより断然この子のほうが強いと思う。

「あっ、この子はアイラ・シルヴィアンといい、私のお世話係兼ボディーガードを務めてくださっています。私を逃がしてくれたのも、この子なんですよ？」

ルナはニコニコとした楽しそうな笑顔で、アイラちゃんを俺の前に連れてくる。

シレッととんでもないことを言われた気がするんだけど……？

「えっと、お世話係に、ボディーガード……？」

ルナって、いったい何者……？

悪い奴《やつ》らに無理矢理働かされていた、借金を抱えている少女じゃないのだろうか……？

「あっ……！」

ルナは《しまった……！》と言いたげな表情を浮かべた。

どうやら口が滑ってしまったようだ。

『この御方には、どこまでお話をなされているのでしょうか？』

そんな中、相変わらずクールなアイラちゃんがルナに視線を向ける。

『ほとんど話しておりません……』

『それはそれで、問題があるように思いますが……』

申し訳なさそうなルナに対し、アイラちゃんは首を傾《かし》げてしまう。

また二人は英語で話し始めたので、俺は置いていかれていた。

『話が全てついてから、彼にもお話をしたほうがいいかと……』

『なるほど、外堀を完全に埋めて逃げ道をなくすおつもりなのですね。ルナ様は、それほどこの御方のことをお気に入りになられたと』

『言い方が引っかかりますが……否定はできませんね……。強い勇気と正義感を持っておられるだけでなく、とても優しくて気遣いもしてくださる、誠実な御方です……』

ルナは頬《ほお》を赤く染めながら、熱っぽい瞳《ひとみ》でチラッと俺の顔を見てくる。

もしかしなくても、俺のことを話しているのだろうか……？

『そこまで高く評価を……かしこまりました、お考えに従います。それにしましても……いくらルナ様とはいえ、分《ぶ》が悪すぎる賭《か》けだと思っておりましたが……まさか本当に目的を達成されてしまわれるとは』

アイラちゃんは意外そうに呟きながら、俺にゆっくりと近づいてきた。

目の前に来るなり、至近距離から俺の顔を覗《のぞ》き込んでくる。

頑張って背伸びをしているようだ。

『澄んだ綺麗な瞳ですね……。ルナ様がお好きそうなお優しい顔付きをなされておりますし、私の部下を倒す実力もある……。何より、ルナ様がお決めになられた御方なら……問題はないでしょう』

何やら俺の顔を見つめながら独り言を言っているのだけど、品定め――ではないよな……？

目を逸《そ》らしていいのかもわからず、俺は見つめ返すしかできなかった。

『この御方のお名前を教えて頂いてもよろしいでしょうか？』

『聖斗様です』

アイラちゃんがルナに話しかけると、ルナは笑顔で俺の名前を口にした。

それにより、アイラちゃんの視線が再び俺に向く。

「聖斗様」

「は、はい？」

突然アイラちゃんに名前を呼ばれ、俺は戸惑いながら返事をする。

「ルナ様と一緒に寝られたというのは、本当でしょうか？」

「はい⁉」

この子、いきなり何を言い出すんだ⁉

それになんか、鉄のようなものを腹に当てられているんだけど――これ、銃じゃ……⁉

なんで日本でこんな物騒なものを持っているの、この子……⁉

「正直にお答えください。どうなのでしょうか？」

果たして、本当に正直に答えていいのだろうか？

むしろ正直に答えたほうが、引き金を引かれる気がするんだけど……？

俺はダラダラと冷や汗を流しながら、ルナに視線を向ける。

当然俺のほうを見ていたルナと目が合い、彼女は優しい笑みを浮かべながら頷《うなず》いた。

アイラちゃんが俺に何をしているのか、彼女には見えていないのだろうか……？

――いや、さすがにそんなはずはない。

多分わかった上で、アイラちゃんを信用して落ち着いているんだろう。

となれば、あの頷きの意味は――。

「ほ、本当です……」

「抱き合ったというのは？」

「それも、本当です……」

ルナのおねだりにより、寝る時はいつも抱き合って寝ていた。

今更否定することはできない。

「ありがとうございます、確認が取れました。ご無礼をお許しください」

俺の答えを聞いたアイラちゃんは銃をしまい、深く頭を下げてきた。

寿命が十年くらい縮む思いをしたんだけど……この問いの意味はなんだったんだろう……？

『ルナ様、母君や父君がお怒りなのは本当です。すぐに、お国に戻ってこいとのことです』

俺との話は終わりのようで、アイラちゃんはまたルナに話しかけた。

『わかっています、全て覚悟をしていたことですので』

アイラちゃんに対してルナは真剣な表情で頷き、入れ替わるようにして俺のほうに歩いてくる。

そのまま、彼女は――

「この五日間、ありがとうございました。またあなたのもとに、帰ってきますので」

——いきなり、俺の頬にキスをしてきた。

「ル、ルナ……⁉」

「しばしのお別れになります。私のこと、お忘れにならないでくださいね？」

戸惑う俺に対して、ルナは寂しそうな笑みを浮かべた。

そして、部屋の中に入っていく。

「着替えを致しますので、少々お待ちください」

ルナは本当に帰るのだろう。

最初に彼女が着ていた服へと着替えるようだ。

女の子が着替えるということで、俺は半ばボーッとしながら廊下で待つことになった。

アイラちゃんはルナを追って部屋に入ったので、着替えを手伝っているのかもしれない。

「——それでは、ごきげんよう」

着替えを終えたルナは靴を履《は》いて、お別れの挨拶《あいさつ》をするなり外へ出ようとする。

「本当に、帰っちゃうの……？」

もう仕方がないとわかっていながらも、俺はそう問いかけずにはいられなかった。

たった数日一緒に過ごしただけなのに、俺の中でルナという存在はそれほどまでに大きくなっていたようだ。

「……必ず、戻ってきますので」

ルナはそう答えると、振り返りもせずに部屋を出ていってしまった。

あまりにもあっけないお別れだ。

「聖斗様」

「アイラちゃん……？」

「ルナ様をお助け頂いたこと、心より感謝致します。ルナ様は約束を必ずお守りになられますので、そのつもりでいてください」

アイラちゃんは深々と頭を下げると、眼鏡の女性を抱えながら部屋を出ていった。

約束を必ず守る、か……。

結局正体もわからずじまいだったし、残された俺は信じて待つしかないんだけど……。

しかし――夏休み終盤になっても、彼女は帰ってこないのだった。

◆

心に穴が開いたような感覚だった。

ルナがいなくなってから、どれほど経ったのだろう？

彼女がいなくなった喪失感は思った以上に大きかった。

ルナは戻ってくると言っていたけど……いったいいつ帰ってくるんだろ……？

そもそも、本当に帰ってくるのかな……？

ずっと、こんなことばかり考えていた。

——ピンッポーン。

「——っ⁉」

突如鳴ったインターフォン。

俺はベッドからガバッと体を起こし、玄関へと急いで向かった。

「ルナ——！」

「はっ……？」

ドアを開けた瞬間、上品で優しい笑顔が見られるかと思いきや——氷のように冷たい、軽蔑《けいべつ》したような目が待っていた。

「り、莉音《りおん》……？」

ドアの向こうに立っていたのはルナではなく、黒くて綺麗な髪をまっすぐと下に伸ばしたクール美少女——義妹《いもうと》の、莉音だった。

とてもクールな子なのだけど、根は他人想《おも》いで世話焼きな優しい子だ。

そんな彼女は現在、ゴミでも見るかのような目で俺を見上げていた。

「ルナって誰《だれ》よ……？　何、私に対する当てつけのつもり？」

普段のトーンよりかなり低めのトーンで、莉音は俺に尋ねてきた。

小首を傾げているのだけど、その様子からはかわいらしさではなく半端《はんぱ》ない威圧を感じる。

どうやらかなり不機嫌のようだ。

というか、完全に俺のせいで怒らせてしまっている。

「い、いや、寝ぼけていただけで……アニメのキャラだよ……」

ルナのことは当然家族に話しておらず、知られることも避けたい。

特に莉音には知られたくなかった。

家に連れ込んで泊めていたなんて言ったら、常識人の彼女は更に怒るだろう。

根が優しくても纏《まと》っている空気がクールなので、怒らせるとやっぱり怖いのだ。

「……………」

莉音の機嫌は直らず、無言で見つめられてしまった。

長い付き合いだからわかる。

これは、信じていない時の目だ。

「えっと、どうしたの？　何か用事？」

居心地が悪い空気になってしまっているので、俺は空気を変えるために彼女が来た理由を尋ねる。

「用事がないと来たら駄目なのかしら？　そこまで遠いわけではないのだし、家族の様子くらい見に来るでしょ？」

一応怒りは静まったのか、莉音は素っ気ない態度で再度首を傾げた。

幼馴染《おさななじみ》ではなく、家族――その言葉に、関係の変化を思い知らされる。

もう一年ほど経っているのだから、慣れないといけないのだけど……。

「わざわざありがとう。こうして元気にはしているから」

「ええ、あまりいい生活はしていないようだけどね？」

莉音はそう言うと、俺の髪に手を伸ばしてきた。

そして、何やら手で押さえてくる。

寝癖が付いている、とでも言いたいのかもしれない。

ましてや今は寝巻なので、お昼頃までゴロゴロしていたと思われたようだ。

「自堕落ってほどでもないけど……」

一応、取り繕ってみる。

あまり意味はないかもしれないけど。

「一人暮らしだからって、好き放題していないわよね？」

そう聞いてきた莉音は、当たり前のように靴を脱ぎ始めた。

部屋の中に入ろうとしているようだ。

「ちょっ、何してるの……!?」

「部屋の中を確認するのよ。ゴミ溜《だ》めになっていないか、をね。何？　わざわざ来た妹に対して、まさか部屋にも入れず帰れって言うんじゃないでしょうね？」

莉音は有無を言わさぬ態度で、ジッと俺の顔を見つめてくる。

連絡もなしにいきなり来たからおかしいと思ったけれど、どうやら抜き打ちチェックをしに来たようだ。

しかし……昔からクールな子ではあったけど、こんな強引《ごういん》なことをする子ではなかった。

これは――よほど、怒らせているな……。

心当たりがありすぎて、文句も言えない。

「部屋は綺麗にしているよ」

止めることができなかったので、部屋に入ってきた莉音に溜息《ためいき》を吐《つ》きながら答える。

「……そのようね。ゴミ溜めになっていたら、無理矢理にでも連れ帰るつもりだったけど」

莉音はリビングと寝室を見回すと、納得してくれたようだ。

ヒヤッとはしたけど、普段から掃除だけはちゃんとしていてよかった。

「問題ないなら、帰って――」

「えっ、まだ帰らないけど？」

帰るよう促そうとすると、キョトンッとした表情で首を傾げられてしまった。

まじか……。

「他に何か用事でも……？」

「宿題は終わったの？」

「あぁ、それは終わってるよ」

夏休みの宿題は、ルナと出会う少し前に終わらせていた。

幼い頃から莉音と一緒にやることが多く、早い段階で終わらせる癖《くせ》をつけられていたので、今回も終わらせられたのだ。

「そう……」

しかし、莉音は不満そうに顔を背《そむ》ける。

なんで終わらせているのに、不服そうな態度を取られないといけないんだろう……？

「お昼ご飯はもう食べたの？」

「それは……まだだけど……」

お昼ご飯どころか、朝ご飯すら食べていない。

ルナがいなくなってから何をするのも億劫で、必要最低限の食事しかしていなかった。

「よかった、私もまだだから。料理作るわね」

俺が食べていないと知ると、莉音は笑みを浮かべる。

珍しい表情に俺は少し驚くけれど、どうやら彼女がご飯を作ってくれるらしい。

お互いの親が仕事で忙しかったことで、小学生の頃から莉音と一緒に料理をしていた。

というか、俺に料理を教えてくれていたのが莉音だ。

当然、俺よりも料理が上手だったりする。

「食材、何もないけど……」

「なんでないの？　まさか、外食やコンビニ弁当ばかり食べているんじゃないでしょうね？」

冷蔵庫に食材がないことで、先程の表情とは打って変わって莉音は試すように目を細めて俺の顔を見つめてきた。

彼女が何を考えているかわかるし、こう聞かれるのは俺の立場的に当然だった。

だけど、仕方がないじゃないか。

料理をする元気がないんだから。

「たまたま切らしてただけだよ」

「本当でしょうね？　自炊をするってことが一人暮らしの条件に含まれていたんだから、できていないならお父さんたちに言うわよ？」

莉音は疑っているんだろう。

彼女の言う通り、一人暮らしをさせてもらう条件として自炊は言われていたものだ。

お金が理由ではなく、栄養管理をちゃんとしろということだった。

それができないのなら、一人暮らしは認められない――ってことで、父さんたちにチクられると家に連れ戻されてしまう。

正直、ルナと別れた後からは自炊ができていないから、微妙なところだけど……。

「ちゃんと自炊はしているよ」

それまでは自炊をしていたんだ。

これは嘘《うそ》ではない。

「……まぁいいわ。スーパーに行くから着替えて」

「俺も行くの……？」

「…………」

一応聞いてみると、物言いたげな顔で見つめられてしまった。

ついてくるのが当たり前だ、ということだろう。

俺は告白の件を引きずっているというのに、莉音の俺に対する態度を見る限り、彼女は気に留めてすらいないようだ。

いい加減、俺も割り切らないといけないよな……。

◆

「――ごちそうさまでした」

「お粗末様でした」

お昼ご飯を食べ終えて両手を合わせると、莉音は素っ気ない態度で返してきた。

クールな彼女はいつもこうだ。

「相変わらずおいしかったよ」

「当たり前でしょ、私が作っているんだから」

それを当たり前と言い切るところが凄い。

相変わらずの自信家のようだ。

——しかし彼女は、自信過剰というタイプの人間ではない。

冷静に自分を見て、できることはできる、できないことはできないと言い切るタイプの人間だ。

だからこそ、親しい人たちからの信頼が厚い。

まぁ主《おも》に女の子たちからなんだけど。

男子だと自分に近寄らせないところがあるからな、莉音は……。

「——洗いものが終わったら、どうしようかしら？」

二人で手分けをしながら台所で食器を洗っていると、莉音がチラッと視線を向けてきた。

まだ帰るつもりはないらしい。

「やることないでしょ……？」

「そうね……のんびりさせてもらうわ」

なんで帰らないんだろ……？

聞いたら不機嫌になるから、聞かないけどさ……。

振られた相手と一緒にいるのは気まずいんだから、その辺空気を読んでほしいと思った。

まぁ彼女の場合、わかっていてあえて読まないのかもしれないけど。

食器を洗い終えて棚に戻すと、莉音は持ってきていた鞄《かばん》をゴソゴソと漁《あさ》り始めた。

「洗面台ってあっちよね？」

「そうだけど……新しい歯ブラシはないよ……？」

洗面台がある方向を指さした莉音に対し、俺は頬を指で掻《か》きながら答える。

ご飯を食べたから歯磨きをしたいというのはわかるのだけど、莉音に使ってもらう歯ブラシはない。

……歯ブラシ……？

やばっ……。

俺はあることを思い出し、ツゥッと冷や汗が背中を伝う。

莉音が鞄を漁っていた理由が、俺の予想と異なることを祈るしかなかった。

しかし――。

「もちろん、ちゃんと家から新品を持ってきたから問題ないわ。今みたいにここで食事をすることはあるでしょうし、泊まることもあるでしょうから」

最悪なことに、俺の予感は当たっていたようだ。

その上、莉音がとんでもないことを言っているのに気が付く。

「泊まるの⁉」

「お父さんたちの了承は既に得ているわ」

澄ました顔で、やばいことを平然と言ってくる莉音。

年頃の男女が一つ屋根の下で過ごすなど、許されることじゃない。

――いや、俺が言えたことじゃないのはわかっているけど……！

「なんで父さんたちはオーケーしたの⁉」

「妹が兄の部屋に泊まるのに、なんの問題があるっていうの？」

「それは血が繋《つな》がった兄妹の話でしょ⁉」

少なくとも、幼い頃から一緒の家で過ごしてきた兄妹の話だ。

家族になって一年ほどの兄妹がすることじゃない。

「お父さんたちは、私たちのことを幼い頃から一緒に育った兄妹としか思ってないわよ。私だって、あなたのことは手のかかる弟って思っていたし」

「もうツッコミたいことが山積みだよ……」

父さんやおばさんがそういう目で俺たちのことを見ていたのは知っている。

というか再婚の時に《兄妹みたいに育った二人は、一緒に暮らしても問題ないよな》と、直接言われた。

だけど、それは父さんたちの勝手な思い込みで、俺は兄妹みたいに育ったつもりはない。

莉音も俺と同じ考えだ、と思っていたのだけど……。

「兄妹のように思われていたことにも言いたいことがあるけど……実際は俺が兄だよ……？」

まさか莉音に弟のように思われていたとは思わなかったので、少し意趣返しをしてしまう。

「なんで、私のほうが誕生日遅いのかしらね……。絶対、私のほうが姉なのに」

どうやら莉音は、妹という立場に不満があるようだ。

彼女のほうがしっかりとしているし、俺より遥かに頭もいい。

その上、中学時代には生徒会長をしていた。

そして高校でも、十月に行われる生徒会選挙に立候補をするという噂が流れているくらいには、学校の生徒たちから注目されているし——俺より上だというのは、誰の目から見ても明らかだろう。

でも、誕生日が俺のほうが早かったんだから、文句を言われてもどうしようもない。

「……話を戻すけど、父さんたちは本当にオーケーしたの……？」

これ以上は莉音に不満をぶつけられそうだと思ったので、俺は瞬時に話を切り替えた。

いくら父さんたちでも、莉音が俺の部屋に泊まるのは駄目って言うはずなんだけど……。

「わからないの？　みんな、あなたが一人暮らしをしていることをよく思っていないの。私が泊まることで家族としての繋がりが維持されるなら、お父さんたちはそっちのほうがいいと思っているのよ」

彼女は呆《あき》れたように溜息を吐く。

ここに来てからの発言で、莉音が俺を連れて帰りたいのはなんとなくわかっていた。父さんたちも条件を出していたくらいだから、俺の一人暮らしに肯定的じゃないのもわかっている。

とはいえ、家族の繋がり云々《うんぬん》の話をされるとは思わなかった。

「別に……一人暮らしをしているからって、家族じゃなくなるわけじゃないのに……」

「私とお母さんからすれば、私たちが家族になったせいであなたが家を飛び出したようにしか見えないの。要は、追い出してしまったと思っているのよ。少なくともお母さんはね。お父さんだって、似たようなものだと思うわ」

どうして莉音が俺を連れて帰りたいのかわかった。

確かに言われている通り、莉音たちの立場からしたらそう見えてしまうんだろう。

実際、俺は莉音との関係が気まずくて家にいたくなかったので……間違ってはいない。

莉音から目を逸らしていた俺は、相手がどう思うかまでは考えることができなかった。

「ごめん、そんなつもりじゃなかったんだ……」

「あなたにそのつもりがなくても、そういうふうになってしまうの」

莉音は無表情で淡々と言ってくる。

その様子を見ていると、俺のことなんてどうでもいいと思っている——と勘違いしそうになるけど、そうではないだろう。

彼女は怒っている時以外は、あえてあまり感情を表に出さないところがある。

しかし——

「わかったなら、家に帰ってこない……？　みんな、それを望んでる……」

——優しく俺の手を取ってきた莉音は、縋《すが》るような表情を向けてきた。

弱みを他人に見せないようにしている彼女にしては、凄く珍しい態度だ。

それだけ、彼女自身も思いつめていたのかもしれない。

莉音だけでなく、父さんやおばさんのことを考えるなら、彼女の言う通り戻ったほうがいいだろう。

少なくとも、歩み寄ってくれた彼女の気持ちは尊重したかった。

何より、振られた相手と一緒にいたくないからといって、家を飛び出した自分のことを幼稚だとさえ思う。

——だけど……今は、戻ることができない。

ルナが帰ってくるなら、俺はこの家で待っておかないといけないのだから。

「ごめんね、まだ帰ることはできないんだ」

「…………」

断ると、明らかに莉音の表情は曇ってしまう。

申し訳ないと思うけど……これだけは、譲れなかった。

その代わり、ルナが帰ってきてくれたら……ちゃんと、家にも顔を出そう。

「えっと、歯磨きがしたいんだよね？　俺もしたいから、ちょっと待っててくれるかな？」

いたたまれなくなった俺は、泊まる云々については触れるのをやめて、洗面台のほうに逃げた。

そして、莉音が追いかけてこないことを確認すると、すぐにルナの歯ブラシとコップを棚に隠す。

「ふぅ、危なかった……これを莉音に見つかったら、問い詰められるところだったよ……」

俺が冷や汗をかいた理由はこれだった。

一人暮らしをしているのに、二人分の歯ブラシとコップ――しかも、明らかに女性ものが置かれていれば、誰だって怪しむだろう。

これ以上、莉音と気まずいことになるのは嫌だ。

とはいえ――。

「ルナが本当に帰ってきたら……莉音たちに、どう説明したらいいんだろ……？」

納得してもらえるような説明ができるとは思えず、俺は新たな悩みの種が増えてしまうのだった。

――なお、莉音は今日泊まるということではなく、今後泊まる可能性があるというだけだったようだ。

そのため歯ブラシセットは置いていったが、彼女は暗くなる前に帰っていった。

その後は何事もなく日々は過ぎていき――結局俺はルナと再会出来《でき》ないまま、夏休みを終えるのだった。

第三章
待ち人来たる

yuukai saresouni natteirukowo tasuketara oshinobide asobini kiteita ohimesama dattaken

「学校、行きたくない……」

夏休みが終わるまでには――と一縷《いちる》の望みに懸けてルナの帰りを待っていた俺《おれ》は、その小さな希望さえも失い、学校に行くのが気怠《けだる》くなっていた。

もうこうなってくると、本当にルナがいつ帰ってくるのかわからない。

俺はいったい、いつまで待てばいいんだろう……？

そんなふうにやる気がないものだから、当然家を出るのも遅い時間帯になってしまった。

学校に着いたのは、遅刻ギリギリの時間だ。

喪失感に苛《さいな》まれていても、遅刻をしなかったのは――多分体が莉音《りおん》に怒られるのを避けたがっているからだろう。

夏休み明け初日から遅刻しようものなら、引きずってでも家に連れ帰られかねないし、怒られるのは目に見えている。

そういう状況が、俺を学校へと向かわせた。

「おはよぉ……」

俺は元気がないまま教室に入り、久しぶりに顔を合わせるクラスメイトたちに挨拶《あいさつ》をした。

しかし――。

「まじだって……！　二人ともやばいほどかわいかったんだから……！」

「それで、どこのクラスなんだよ……！　というか、一年生なのか……⁉」

「どっちの子もめちゃくちゃかわいかったの！　アイドルかと思ったくらいだもん！」

「絶対芸能人だって！　この学校がドラマの舞台になるとかじゃないの⁉」

何やら教室内は異様な熱気に包まれており、俺の挨拶にみんな気付いていない様子だった。

そういえば、ここに来るまでの他の教室もうるさかった気がする。

何かあったのだろうか？

「どうしたの？」

俺は自分の席に着くと、近くで盛り上がっていたクラスメイトに声をかけてみた。

「おぉ、聖斗《せいと》おはよ！　実はな――！」

俺の質問に、クラスメイトが答えてくれようとした時だった。

キーンコーンカーンコーン♪

キーンコーンカーンコーン♪

チャイムが、邪魔をしたのは。

「――は～い、皆さん席に着いてくださいね～。立っている悪い子は、遅刻にしますよ～」

すぐに教室のドアが開くと、のんびりとした様子のおっとりとした大人のお姉さんが入ってきた。

茶色に染まった髪にゆるふわパーマを当てている彼女は、俺たちの担任である佐神《さがみ》先生だ。

年齢は確か二十八歳になったばかりで、とても優しいことから男女問わず生徒から大人気だったりする。

あれほど騒がしかったクラスメイトたちが、先生の一言ですぐに自身の席に着き、シーンと静まり返ったくらいだ。

そういえば——佐神先生は、少しルナと似ているところがある。

優しくて温和そうな美人というところや、天然のようにフワフワとしているところ。

何より——女性らしいある一部分が、大きすぎる。

まぁ身長は、佐神先生のほうがルナよりも十センチ以上大きいし、髪型や髪色も全然違うのだけど。

「ふふ、長期休み明けですのに、皆さんいい子で何よりです」

佐神先生はニコニコとした嬉《うれ》しそうな笑顔で、教室内を見回す。

それだけで男子たちはデレデレになり、女子たちも嬉しそうに笑顔になる。

多分このクラスは、トップクラスに平和で仲良しだろう。

——この時の俺は想像すらしていなかった。

そんな仲良しクラスに、亀裂が入る出来事がまもなく起きるなど。

「そんないい子の皆さんに、本日はとても嬉しいお知らせがありま～す。なんと、本日からこのクラスにお友達が一人増えま～す」

友達が増える？

この時期に、転校生……？

俺がそう疑問を浮かべた直後――。

「「「「きたぁあああああ！」」」」

男子たちが総立ちし、ガッツポーズを浮かべた。

「な、何この騒ぎは……？」

男子の中で俺は一人だけ取り残され、状況を理解できない。

見れば、女子たちもソワソワとしている。

あれ、状況がわかっていないのは俺だけ……？

「こ～ら、静かにしなさい。座りませんと、皆さんの内申点を下げますよ？」

やんわりと男子たちを注意する佐神先生。

たまに思うんだけど、この先生は言い方が優しいだけで、言っていることって結構怖くないかな？

まぁ、わざわざ指摘することではないんだけど……。

もちろん、佐神先生に嫌われたくない男子たちはおとなしく席に座り直した。

だけど、みんなソワソワウズウズとして、落ち着きがない。

有名人でも転校してくるんだろうか……？

「はい、静かになりましたね。では、入ってきてください」

教室が静かになったことを確認すると、佐神先生は入口のほうに視線を向けた。

釣られて、皆の視線も入口へと向く。

そんな中――とても目立つ髪色の少女が、姿《すがた》を現した。

「えっ……？」

教室の入口に立った子を見た俺は、思わず息を呑《の》んでしまう。

上品な笑みを浮かべる彼女は、優雅な仕草で教壇へと向かって歩を進めた。

間違いない……あの、光のように輝く金色の髪は――。

「初めまして、一年Ｃ組の皆様。先程ご紹介に預かりました、ルナーラ・アルフォードと申します」

教壇に立った彼女は、とても優しい笑みを浮かべて名前を名乗った。

そして、俺と目が合うと――ニコッと、かわいらしい笑みを浮かべた。

――ルナだ。

名前は違うけど、彼女はルナに違いない。

ずっと彼女が帰ってくるのを待ち望んでいた俺は、胸と目頭が熱くなる。

そんな俺を他所《よそ》に、ルナはクラスメイトたちに視線を戻して自己紹介を続ける。

「勉学に励むため祖国アルカディアより留学をさせて頂き、皆様とこうしてご一緒させて頂けることを、とても光栄に思っております。不束者《ふつつかもの》ですが、どうぞよろしくお願い致します」

ルナはそう言うと、深く頭を下げた。

それにより、拍手と共に再度教室内から声が上がる。

もちろん、俺も力を込めて拍手をした。

「こちらこそ、末永くよろしくお願い致します！」

「アルカディアって、あのアルカディア⁉」

「よくぞ日本へ……！」

「是非、私とお友達になってください！」

教室中からは様々な声が上がる。

うるさくて全部は聞き取れないし、言っていることはみんな違うようだけど――一貫しているのは、みんな彼女と仲良くしたがっていることだ。

それもそのはず。

だって彼女は、絶世の美女であり、とても上品なのだから。

ルナは、本当に約束通り帰ってきてくれたらしい。

嬉しすぎる再会に、俺の興奮は止まらなかった。

そんな中彼女は、教室中から掛けられる声に素敵な笑顔を返し――

「もう一つお伝えさせて頂きますと、私はそちらに座っておられる桐山《きりやま》聖斗様の――婚約者です」

――とんでもない爆弾を放り込んだのだった。

「……えっ？」

突如発せられた言葉に理解が追い付かなかった俺は、思わず声が漏《も》れてしまう。

いや、理解が追い付いていないのは俺だけではないだろう。

先程までうるさかった教室が、今やシーンと静まり返っているのだから。

だけど――少し遅れて、みんなの理解が追い付いたのだろう。

「「「「えっ、えぇぇぇぇぇぇ⁉」」」」

ルナの爆弾発言から数秒後、男女問わずクラスメイトたちの驚く声が教室内に響き渡った。

それもそうだろう。

当の本人であるはずの俺でさえ、驚いているのだから。

「あらあら……最近の高校生って進んでいるのね……。凄《すご》いわぁ……」

相変わらずのんびりとしている佐神先生は、口元に手を添えながらパチパチと瞬《まばた》きをしている。

先生、そういう話ではないと思います……。

いったいどういうつもりなのか――俺は説明がほしくて、ルナに視線を戻す。

俺と再度目が合ったルナは――

「……♪」

――上機嫌に素敵な笑みを浮かべながら、小さく手を振ってきた。

この子も、かなりマイペースだ。

この騒ぎが気にならないのだろうか……？

「せせせ、聖斗⁉　いったいどういうことだよ⁉」

ルナに気を取られていると、男子の一人が俺に説明を求めてきた。

「そうだよ、抜け駆けをしたのか⁉」

「あんなかわいい留学生と、いったいどこでお近づきになったんだよ⁉」

それによって、他の男子たちも質問を投げかけてくる。

――いや、男子だけではない。

「桐山君、アルフォードさんの婚約者なの⁉　すごぉい！」

「ねね、馴《な》れ初めを教えてよ！」

女子たちも、興味津々という感じで俺に質問をしてきていた。

出会ったばかりのルナよりも、四カ月ほど同じ教室で過ごしてきた俺のほうがみんな尋ねやすいのだろう。

――ただし、男子と女子では纏《まと》っている空気が違う。

男子たちは、それはもう目を背《そむ》けたくなるほどに嫉妬《しっと》の炎を燃やしながら俺を見ている。

結構クラスに馴染《なじ》めていたはずなのに、明らかに俺と彼らの間には亀裂が生じていた。

そして女子たちは、俺とルナの関係が気になって仕方がないという、好奇心に満ちた目で俺を見ている。

こちらは好意的な視線なので、気恥ずかしくはあれど嫌な気持ちは感じない。

この違いは、ルナを恋愛対象として見ているかどうか、なのだろう。

「い、いや、俺も何が何やら……！」

本当にどういうことかわからない俺は、正直に答えた。

しかし――。

「そんな……！　一緒に寝て、熱く抱き合った仲ではありませんか……！」

俺の発言に対して、ルナがショックを受けたように言及《げんきゅう》してしまった。

それも、とんでもない火力を持った言葉で。

「ちょっ、ルナ⁉」

追加で放り込まれた更なる爆弾により、俺は思わずルナの名前を呼んでしまう。

ルナが言っていることは嘘《うそ》ではない。

彼女の言う通り、ルナが泊まっている間は一緒に寝ていたし、抱き合ったりもした。

だから嘘ではないのだけど――この場では、彼女の発言は誤解を生んでしまう。

「くっ、既にお手付きだと……⁉」

「俺たちに、付け入る隙はないのか……！」

「あはは……桐山君、恥ずかしいのはわかるけど、彼女の前で誤魔化《ごまか》すのは良くないよ？」

「彼女じゃなくて婚約者ね。でもほんと、こういう時は堂々としていたほうがかっこいいと思うよ？」

嫉妬心を燃やしていた男子たちはルナの発言で心が折れかけているらしく、ガックリと項垂《うなだ》れる。

そして女子たちは、仕方なさそうに笑いながら注意をしてきていた。

本当にうちのクラスメイトたちは心優しい。

普通なら、女の子に恥をかかせたとして俺は凄く非難されていただろう。

特に女子たちから見たら女の敵に見えただろうし、男子たちもこうもあっさりとルナのことを諦《あきら》めようとしたりはしない。

俺はクラスメイトたちに恵まれたことにホッと安堵《あんど》しつつ、笑みを浮かべた。

「そうだね、ごめん。ただ、事情を理解できていないことも本当なんだ。彼女が留学してくるなんてことも知らなかったし」

今の空気で再度俺が否定をしたところで、誰《だれ》も信じてくれないだろう。

留学してきたばかりのルナが、話してもいない俺の名前と顔を知っていたことや、婚約者と名乗るという普通はありえない行動が、ルナの発言に不思議と信憑性《しんぴょうせい》を生んでしまっている。

ましてや俺も彼女の名前を呼んでしまったのだし、もし無理に否定しようものなら、せっかくの好意的な空気を壊してしまい、今度こそ俺は非難されるはずだ。

だから俺は、ルナの発言を肯定するようなことを明言するのは避けつつ、雰囲気では肯定したように見せながらも、少し話を別の部分に誘導した。

「サプライズ留学⁉」

「婚約者である桐山君と一緒に居たくて、わざわざ留学してきたってこと⁉」

まぁ当然、場の空気からこう誤解されるのだけど――それはもう、仕方がない。

俺が明言しなければ、最悪みんなが勝手に誤解しただけ――という逃げ道はあるのだから。

それにしても……ルナはどうして、こんな嘘を吐《つ》いたんだろ……？

「勉学に励むため――というのは嘘ではございません。しかし……叶《かな》うのであれば、聖斗様と同じ学校で学びたいと思いまして……我《わ》が儘《まま》を言わせて頂いたのも、事実になります」

俺が否定しなかったことが嬉しかったのか、ルナはニコニコとした笑顔でみんなに説明をした。

おかげで、女子たちから《きゃぁ～！》と黄色い歓声が上がる。

もう完全にみんなの中で俺とルナは、婚約者という扱いになってしまっただろう。

「はは……最初から、俺らに勝ち目はなかったってわけだ……」

「仕方ねぇ……聖斗がいなかったら、そもそもアルフォードさんはこの学校に来てないってことなんだから……」

「様呼びまでして……アルフォードさんから聖斗に対して、沢山のハートが飛んでいるように見えるぜ……」

うん、心が折れかけていた男子たちには追い打ちとなったようで、もう完全に心が折れたようだ。

これなら、嫉妬によって俺が酷《ひど》い目に遭うってことはないので、安心できるんだけど……ルナの真意がわからない以上、気は抜けない。

そしてもちろん、他にも悩みの種がある。

ここまで教室が騒ぎになっていて、他のクラスの耳に入らないはずがない。

つまり、莉音が知るのも時間の問題だろう。

勘がいい彼女は、俺があの時呼んだ名前とルナを紐《ひも》づけるだろうな……。

「それでは皆さん、アルフォードさんの自己紹介と、桐山君との熱い仲を確認し終えましたところで――そろそろ、体育館に向かいましょうか～。始業式が始まりますので、遅れることは許されませんよ～」

男子たちの心が折れたことで話は終わったと思ったのか、佐神先生がマイペースにみんなを誘導し始めた。

そうだった、ルナの登場で忘れていたけど、今日は夏休み明け初日なんだ。

当然、始業式が行われる。

騒ぎになったことで本来教室を出る時間が遅れたというのもあり、みんな急いで廊下に出て並び始める。

そんな中――。

「驚かせてしまいましたよね？　ごめんなさい……。もちろん、後《のち》ほど説明はさせて頂きますので……」

俺にルナが近寄ってきて、上目遣《うわめづか》いで謝ってきた。

やはり、何か訳アリのようだ。

ただ、この子……謝ってきているのにシレッと腕を絡《から》めてきてるんだけど……相変わらず、自由すぎない……？

「ん～、まぁいいですか。仲がいいことは、良《よ》いことですし」

皆《みな》が整列している中、列を乱して俺の腕に抱き着くルナを見た佐神先生は、人差し指を顎《あご》に当てて考えた後、俺たちを許してくれたようだ。

心が広い先生でよかった。

「……♪」

腕に抱き着いているルナはとても幸せそうに俺の肩に頭を乗せてきているし、先生が許してくれた以上は問題なさそうだ。

もちろん俺も、彼女の登場や婚約者という発言には戸惑っているものの――待ち望んでいた人と再会できて、内心とても嬉しかった。

「――ルナ、そろそろ離れて？」

もうすぐ体育館に着くということで、腕を組んで歩いていたルナに声をかける。

タメ口で話しているのは、同い年だったとわかったからだ。

俺のお願いに対して、ルナは――まるで捨てられる仔犬《こいぬ》かのような表情で、目をウルウルとさせながら俺の顔を見上げてきた。

凄く離れたくなさそうだ。

「うっ……」

当然、こんな表情をされた俺は罪悪感が湧《わ》いてしまう。

しかし、このままだと他のクラスの生徒たちに変な目を向けられるし、先生たちもよく思わない。

何より、俺と兄妹であることが学校の生徒たちに知られている莉音にも、迷惑をかけかねないのだ。

「ごめんね、他の人たちの迷惑になるから……」

俺は再度、ルナの説得にかかることにした。

「あっ……私としたことが申し訳ございません……。聖斗様と再会できた喜びのあまり、舞い上がってしまいました……」

やはりルナはいい子のようで、我に返ると申し訳なさそうにしながら離れてくれた。

彼女はそのまま、俯《うつむ》きがちに俺の隣を歩いていく。

……さすがに、悲しむ彼女の顔を見たくない。

「誰も怒ってないし、気にしていないから落ち込まなくていいよ。俺もルナと再会できて、凄く嬉しかったし」

ルナの様子が気になった俺は、笑顔でフォローをしてみた。

それによりルナは安堵したように息を吐いて、笑顔を俺に返してくる。

「ありがとうございます……。本当はこのような強引《ごういん》なことをしてしまい、聖斗様に嫌われてしまうのではないかと心配をしておりましたので……」

どうやらルナ自身、自分がやっている問題行動に自覚はあったようだ。

それならなおのこと、どうしてこんなことをしたのか聞いてみたくはあるが――この後、説明をしてくれると言っていた。

その時になって聞けばいいだろう。

今は下手に会話を続けてボロが出るのが怖い。

ましてや、これから体育館に入るのだし。

「後は家でゆっくり話そうか。俺がルナを嫌うなんてこと、ありえないから気にしないで」

俺はルナが変に思いつめないよう、大切なことを簡潔に伝えた。

『……聖斗様は、相変わらずお優しすぎます……』

それがルナにとってよかったようで、彼女の顔から影はなくなった。

今は、これで十分だろう。

「――あれ？　あの後ろ姿は……」

体育館に入ると、俺たちが並ぶべきところの二つ隣に列を作っているＡクラスの最後尾に、日本では珍しい銀色の髪の子を見つけた。

小柄《こがら》でボブヘアーの彼女は、多分――。

「アイラちゃんって、俺たちと同い年だったの……？」

銀髪の少女はアイラちゃんで間違いなく、どう見ても年下にしか見えなかった俺はルナに尋ねてみた。

「そのことに関しましても、後《のち》ほどお話をさせて頂きます」

質問に対して、ルナは何か意味ありげに返してきた。

この言い方から察するに、やっぱりアイラちゃんは俺と同い年ではないんだろう。

年齢を偽って留学なんて、そんな簡単にできるのかな……？

「わかった、ありがとう」

今聞くわけにもいかないので、ルナにお礼だけ伝えて俺はまた前を向く。

アイラちゃんがAクラスってことは、莉音と同じクラスか。

……偶然、だよな？

さすがに狙《ねら》って、アイラちゃんをそのクラスにしてはいないと思うけど……。

莉音のことは知らないはずだし……。

そんなことを考えていると——

「な、なんだよ、あのめっちゃかわいい子！」

「くそ、あの子も一年生だったのか！　俺たちのクラスに来てくれたらよかったのに！」

「いいなぁ……お友達になりたい……」

「凄く上品な雰囲気を纏っているんだけど、どこかのお嬢様——ううん、実はお姫様だったり……？」

「ばか、お姫様がこんな学校に来るわけないでしょ。あの雰囲気はきっと、人柄よ」

——体育館にいる生徒たちのざわつきが、一斉に強くなった。

みんなルナに気が付いたようだ。

一年生から三年生までの全クラスが、彼女に視線を向けてきている。

やはり、それだけルナは目を惹《ひ》いてしまう存在らしい。

当の本人はといえば、先程までの甘えん坊な姿とは打って変わり——まるで別人かと思うくらいに、凛《りん》として上品な佇《たたず》まいになっていた。

ふと思う。

一緒に過ごした数日間で俺のルナに対するイメージは、子供のような甘えん坊という感じだったのだけど、迎えが来た時の彼女は今のように凛として堂々としていた。

いったいどちらが、彼女の素なのだろう？

俺はまだまだルナに対して知らないことが多すぎるので、これから少しずつ知っていけたらいいなぁっと思うのだった。

第四章

新婚生活のような日々

yuukai saresouni
natteirukowo tasuketara
oshinobide asobini kiteita
ohimesama dattaken

「――ねぇ、アルフォードさん。この後、歓迎会をしたいんだけどどうかな？」

始業式が終わり、ホームルームも終わった後のこと。

本日は授業がないため午前で学校は終わったのだけど、ルナはクラスメイトの女子たちから誘いを受けているようだ。

みんな、彼女と仲良くなりたいんだろう。

ちなみに、ルナの席は佐神《さがみ》先生が男子に持ってきてもらおうと思っていたらしく、教室には用意されていなかった。

そのため、始業式の後に俺《おれ》が取りに行ってきたのだ。

そして先生が、《慣れない日本で過ごすのですし、婚約者である桐山《きりやま》君が力になってあげてくださいね～》と気を利《き》かせてくれて、俺の隣の席になっている。

というわけで、現在歓迎会に誘うやりとりは俺の隣で行われていた。

「まぁ……！　わざわざありがとうございます……！」

誘われたことに対してルナはとても嬉《うれ》しそうに両手を合わせ、目を惹《ひ》かれる素敵な笑顔を返した。

多分歓迎会は女子たちだけで行われるんだろう。

現在ルナの周りは女子だけであり、男子たちは俺のことがあるからか、チラチラと歓迎会が気になる様子を見せながらも、誰《だれ》一人この輪に加わらず帰り支度をしているのだから。

こうなってくると、俺も参加することはできない。

女子だけの空間に男子一人というのは気まずいし、女子たちからも嫌がられるはずだ。

そんなことを考えていると、チラッとルナが俺に視線を向けてきた。

しかし、すぐに女子たちに視線を戻してしまう。

「ですが、申し訳ございません。本日は予定がありますので……」

喜んでいるように見えたのでてっきり誘いに乗るかと思いきや、彼女は断ってしまった。

俺のことを見て断ったということは、俺に気を遣ったのだろうか？

「ルナ、歓迎会に行ってきたらいいんだよ？」

俺のせいで参加できないのは可哀想《かわいそう》だと思い、申し訳ないけど話に割り込ませてもらった。

それにより、ルナを含めた女子たちの視線が一斉に俺へと向く。

少し、早まったかもしれない。

「いえ、差し支えなければ、歓迎会は後日にして頂きたく……」

俺の言葉に対し、ルナは首を横に振ってしまった。

俺に気遣っているんじゃなく、本当に予定があるのかもしれない。

「そっか、余計なことを言ってごめんね」

俺の勘違いだったようなので、素直にルナへと謝る。

「私のことを気にかけてくださったことはとても嬉しいですので、謝らないでください」

それに対してルナは微笑みを返してきた。

優しい雰囲気は離れ離れになる前と変わらず、ルナの笑顔を見ていると心が温かくなる。

「ありがとう。ごめん、みんな。ということで、ルナの歓迎会を別の日にしてくれるかな？」

先程の失敗を取り返す――というわけではないけど、ルナの気持ちはわかったので俺からも女子たちにお願いをする。

「うん、もちろんだよ！　急に誘ったのは私たちだしね！」

「やっぱりこういうのは、当日じゃなくて早くても数日後に設定しないと駄目だよね～」

「今度の土日のどちらか――とかかな？」

歓迎会を別の日にしたい、という想《おも》いに対し、女子たちは嫌な顔をするどころか笑顔でリスケを考えてくれた。

こういうところがこのクラスのいいところで、きっとルナもすぐに馴染《なじ》めるだろう。

「聖斗《せいと》様も、ご参加頂けるのでしょうか？」

問題なく話が進みそうだと思った俺は帰り支度を再開したのだけど、ルナが小首を傾《かし》げながら俺に聞いてきた。

女子会になりそうな歓迎会に誘われると思っていなかった俺は、戸惑いながらルナを見る。

「私は聖斗様もご参加頂けると嬉しいのですが、駄目でしょうか……？」

もしかしてルナは、男子抜きで話が進んでいることに気が付いていない？

それとも……気が付いてはいるけど、俺にはいてほしいと思っているとか？

どちらにせよ、女子たちがそんなことを許すはずが――。

「婚約者だしね、アルフォードさんの歓迎会に参加しないわけがないよね？」

「歓迎会の主役からのお願いは、断れないよね～？」

「楽しみだなぁ、二人の話をいろいろと聞くの」

てっきり俺は抜きでやろうと言われると思いきや、むしろ積極的に俺が参加する方向に持っていかれてしまった。

この場にいる女子たちみんなニマニマとしていて、とても楽しそうに見える。

――絶対これ、歓迎会で弄《いじ》られるやつだ……。

「い、いやぁ、女子たちの中に男子一人っていうのも良くないっていうか……」

ルナの歓迎会はしたいけど、おもちゃにされたくない俺はなんとか逃げ道を探す。

しかし――。

「心を許しているお相手がいてくださるのは、安心感が全然違いますよね～。婚約者なんですから、桐山君がいることくらい誰も気にしませんよ～」

　思わぬところから、邪魔が入った。

　俺は声が聞こえたほうに視線を向ける。

「せ、先生……？」

「と言いますか、日本に来たばかりで心細くなってしまっている女の子のお願いを、お優しい桐山君が断るはずがありませんよね～？」

　声をかけると、まだ教室に残って俺たちのほうを見ていた佐神先生が、追い打ちで俺の逃げ道を塞《ふさ》いでしまった。

　それにより、女子たちが更に勢いづく。

「うんうん、お優しい桐山君だったら、当然参加するよね～？」

「まさか、ここで逃げたりしないよね～？」

　おかしい、女子――まぁ一人違うけど、みんなが俺の逃げ道をなくしていく……。

「あの、聖斗様……お嫌でしたら、お断り頂いて大丈夫ですので……」

　俺の状況を気の毒に思ったのか、ルナが申し訳なさそうに言ってきた。

　だけどこんなことを言われて、《うん、やめておくね》なんて言えるはずがない。

「大丈夫、俺もルナの歓迎会はしたいからね。是非、参加させてもらうよ」

　結局俺は、こう答えるしかなかった。

　何気《なにげ》に、ルナにトドメを刺された気がする。

「「「「はい、決まり～！」」」」

俺が頷《うなず》いたことで、女子たちの声が綺麗《きれい》にハモッた。

本当に仲がいいな、うちのクラスは……。

「聖斗様……私はただ聖斗様と一緒にいさせて頂きたかっただけでして……困らせてしまうつもりは、ありませんでした……」

盛り上がっている女子たちを横目に、ルナが俺に話しかけてきた。

かなり申し訳なさそうにしており、本当に意図した展開ではないんだろう。

この子が素直で天然なことは、もう十分理解している。

「いいんだよ、俺も本当にルナの歓迎会をしたかったからね。今から楽しみだよ」

「聖斗様……」

ルナが気にしないように笑みを浮かべると、彼女はホッと息を吐《は》き、胸を撫で下ろした。

そして、嬉しそうに笑みを浮かべる。

……まぁ、ルナの歓迎会自体は俺もしたかったんだし……彼女が楽しめるならいっか……。

ルナの笑顔を見た俺は、そう割り切った。

「――それじゃあ、帰ろっか？」

歓迎会の話もまとまったところで、俺は鞄《かばん》を持ってルナに声をかけた。

「はい♪　皆様、本日はありがとうございました。明日からも是非よろしくお願い致します」

俺の言葉に頷いた後、ルナは笑顔でクラスメイトたちに頭を下げる。

彼女は俺が住んでいるところの近くに部屋を借りたということで、一緒に帰るという話になっていた。

同じ方面の女子たちは、一緒に帰ると言い出すかと思いきや——意外にも、そう主張する子は一人もいなかった。

どうやら、俺とルナが二人きりで帰れるように気を遣ってくれたらしい。

俺たちはそのまま教室を出るのだけど——。

「あっ、あのかわいい子だ……！」

「隣を歩いてるのが、婚約者のやつか……」

やはりルナは目を惹いてしまうらしく、廊下にいた生徒たちの視線が集まってしまう。

ヒソヒソと話しているのは、俺に対して何か言っているようだ。

多分、休み時間の間に婚約者云々《うんぬん》が広まってしまったんだろう。

そんな空気の中、A組の前を通ると——。

「…………」

まだ教室に残っていた莉音《りおん》が腕を組みながら、廊下を歩いている俺とルナを見つめていた。

あれは完全に怒っている目だ。

だけど、クラスメイトたちがいるからか、絡《から》んでくるつもりはないらしい。

まぁ、その代わりに――

《帰ったら、説明してもらうから》

――俺のスマホには、説明を求めるメッセージが莉音から届いているのだけど。

始業式が終わった後の休み時間にメッセージは来ていたので、俺とルナのことを聞いてすぐに送ってきたようだ。

一応、別の日にしてもらうようお願いはしたのだけど……既読無視されているので、どうなるかはわからない。

「あっ、アイラちゃんだ」

莉音を見ていると、同じく教室に残っていたアイラちゃんが目に入った。

彼女はクラスメイトたちに囲まれているので、ルナと同じく注目されているんだろう。

幼い顔付きではあるけど、あの子もかなりの美少女だからそれも仕方がない。

まぁルナとは違って、素っ気ない表情で淡々と返事をしているように見えるけど……。

「ねぇ、ルナ。アイラちゃんは一緒に帰らなくていいの？」

アイラちゃんはルナのお世話係兼ボディーガードと言っていた。

となれば、一緒に帰るのが普通のはずだけど……。

「あの子にはなるべく、学校では自由にして頂こうと考えております。他国とはいえ、こうして普通に学校生活を送る機会は、そうそうありませんからね」

俺の質問に対して、ルナは何やら意味深に返してきた。

普通に学校生活を――って、今まで学校に通っていなかったのだろうか？

本当に、次から次へと聞きたいことが出てくる。

「それじゃあ、二人きりで帰るってことでいいんだね？」

「はい♪」

一応尋ねてみると、ルナは嬉しそうに頷いた。

ただの下校でさえ楽しそうにしている彼女を見ると、質問をして空気を壊してしまうのは可哀想に思えてしまう。

家に帰れば話してくれるだろうし、それまでの我慢だ。

それにしても――ルナって、アルカディアから来てたんだな……。

アルカディアとは、名前の通り理想郷のような国だ。

領土はさほど大きくないけれど、石油や天然ガスなどの資源が豊富で、金やダイヤモンドなどが採れる鉱山も沢山あるらしい。

そしてそれらを元に貿易をしてお金を稼ぎ、そのお金で世界中からあらゆる分野の優秀な人材を集めたそうだ。

そのおかげで今となっては、ＩＴや医療、軍事技術などをはじめとしたいろんな分野で世界トップクラスになっている。

そのため、低学年の小学生でも知っている国だった。

日本が勝てるのは、アニメや漫画などの二次元分野だけらしい。

食分野に関しても、アルカディアは凄《すご》いそうだ。

──まぁ、行ったことがないので、あくまで授業で習った程度でしか知らないのだけど。

「………」

考えごとをしながら外に出ると、学校からある程度離れたところでルナがキョロキョロと周りを見回し始めた。

どうしたんだろう？

「ルナ？」

『今は誰もおられませんね……』

声をかけると、ルナは何か独り言を呟《つぶや》いた。

そして──。

「えいっ……！」

ギュッと、俺の腕に抱き着いてきた。

「ル、ルナ、いきなり抱き着かれると驚くよ……」

俺は激しく鼓動する心臓を気にしないように頑張りながら、ルナに笑顔で注意をする。

シレッと腕を絡められた時よりも、今のように勢いよく腕に抱き着かれたほうが心臓に悪いかもしれない。

「ご、ごめんなさい。もう周りに誰もいらっしゃらないので、大丈夫かと思いまして……」

どうやらルナは、体育館前で注意したことを気にしていたようだ。

やっぱりいい子なんだけど……あれは別に、誰もいなければいいっていう意味でもないんだよな……。

まぁ、周りの人に迷惑になるってことを、建前《たてまえ》にしたのが悪かったんだろうけど……。

「いや、別にいいんだけど……ルナって、こういうことをよくするの？」

海外ではスキンシップが日本より激しいところもある。

それはもう文化の違いなので、しょうがないと思っていた。

ルナは初めて家に泊まった時からかなりスキンシップが激しかったし、そういう文化で育ったのかもしれない。

そう思って聞いてみたんだけど――

「わ、私がこんなことをするのは、聖斗様だけですよ……？　他の方にはしません……」

――頰《ほお》を赤く染めた上目遣い《うわめづか》いで、否定されてしまった。

どうやら、こういった文化があるわけではないらしい。

「そ、そうなんだ……。結構、大胆だね……」

ルナの言葉と表情で照れくさくなってしまい、なんて言ったらいいかわからなかった俺は、思っていることがそのまま口から出てしまった。

それにより、ルナは恥ずかしそうに目を逸《そ》らす。

「誰もいらっしゃらないから、できることです……」

彼女は、現在二人きりだからこんなことができると主張しているようだ。

要は、人目があると恥ずかしくてできない、と言っているんだろう。

――でも、待ってほしい。

廊下でクラスメイトたちがいたのに、普通に腕を絡めてきたんだけど――まぁ、ツッコんだら駄目なやつかな……。

舞い上がっていたと言っていたし、普段はあんなことをする子じゃないのかもしれない。

……二人きりだと、彼シャツ姿《すがた》になったり、バスタオル一枚で俺の前に来たり、抱き着いてくるような子だけど……。

あれは無理していたのかな……？

何か訳アリだったようだし、そこについても説明してくれたらいいなぁ――と俺は思うのだった。

でいるマンションだった。

「近くって、まさかの隣の部屋⁉」

ルナを先に家まで送り届けようと思って彼女の案内に従った結果、辿《たど》り着いたのは俺が住ん

◆

それだけでも驚きなのに、彼女の部屋は俺の隣だったのだ。

これで驚かないはずがない。

「ふふ、聖斗様の驚かれるお顔を拝見できました♪」

いたずらのつもりだったのか、ルナは機嫌良さそうに俺の顔を見つめてくる。

わかってて、誤魔化《ごまか》していたようだ。

そういえば彼女は、《近くのマンション》ではなく、《近くの部屋》と言っていた。

それがヒントだったんだろう。

それにしても――隣だなんて、思わないじゃないか……。

「隣の部屋は、俺がこのマンションで暮らし始めた時から誰も住んでいなかったみたいだけど……まさか、隣に住み始めるとは思わなかったよ……」

「私は聖斗様のお部屋に住まわせて頂きたかったのですが……さすがにそれは、許して頂けま

せんでしたので……」

うん、この子シレッととんでもないことを言ってるな？

要は許可が下りれば、俺の部屋に住む気だったわけか……。

許しって、いったい誰の許しが必要だったんだろ？

俺の父さんたちではないとは思うけど……。

本当に、次から次へと疑問を生んでくれる子だ。

「それで、隣が空いてたからそこにしたってこと？」

「はい♪　なるべく聖斗様のお傍《そば》がよかったので」

その結果が、隣……凄いな。

「てか、それなら会いに来てくれたらよかったのに……」

「あっ、えっと、その……！　正確には私、このお部屋には初めて来ましたので……！」

俺が不満を抱いていると感じ取ったようで、ルナは慌てて言い訳をしてきた。

「どういうことなの？」

なるべく圧を感じさせないように気を付けながら、俺は首を傾げる。

「訪日《ほうにち》がギリギリになってしまい……昨日《さくじつ》、到着したばかりなのです……。確かにそれでも、会いに行くことはできましたが……一日しか変わらないのであれば、留学生として再会することでサプライズをさせて頂きたい、と思ってしまいまして……」

なるほど……アニメ好きなルナとしては、アニメや漫画のラブコメで王道な、ヒロインが転校生としてやってきて主人公と出会う――みたいなイベントを、やってみたかったのかもしれない。

もしくは、俺が喜ぶと思ってそうしてくれたんだろう。

『それに……外堀を埋めてしまうのであれば、クラスメイトの皆様にも味方について頂いたほうがいいと……アイラの助言がありましたし……』

ルナの気持ちを汲《く》み取っていると、彼女は突然俯《うつむ》いて英語で独り言を呟き始めた。

まだ、俺が怒っていると思っているのかな？

「ルナの気持ちはわかったから、もう気にしないで。でも次は、すぐに会いに来てくれるほうが俺は嬉しいかな。まぁ、次なんてないに越したことはないんだけどね」

またルナがいなくなる思いをするのは、正直勘弁してほしい。

だからもう起きることはなしにしてほしいけど――万が一の時は、下手にサプライズをせずに会いに来てほしかった。

「聖斗様……お許し、頂けるのでしょうか……？」

ルナは不安そうに、上目遣いで尋ねてくる。

彼女にそんな表情をしてほしくなかった俺は、笑顔を返した。

「許すも何も、元々怒ってないしね。それよりも、お隣なら一緒にご飯を食べない？」

お隣ってことには驚いたけど、やっぱりどう考えても嬉しい。

これなら一緒に登下校もできるし、遊んだりもできるだろうから。

ご飯に誘ったのは、上機嫌だったルナが俺のせいで落ち込んでしまっているようだから、何かおいしいものを食べて元気になってほしかったからだ。

「ありがとうございます……お言葉に甘えさせて頂きます」

怒ってないと伝わったのか、ルナはホッと胸を撫で下ろした。

その仕草に一瞬目を奪われるけど、すぐにルナの目に視線を戻す。

「別に、そういうんじゃないよ。何が食べたい？」

「あっ……聖斗様の手料理を、御馳走になりたいです……」

食べたいものを聞いてみると、ルナは照れくさそうに笑いながらお願いをしてきた。

俺は食べに行くつもりで聞いたのだけど……。

「俺なんかの手料理でいいの？　もう出歩いて大丈夫なようだし、食べに行ってもいいと思うけど……ほら、ラーメンやお寿司のお店も近くにあるし」

ルナを匿《かくま》っていた頃は、彼女が外に出られなかったので俺が手料理を振る舞っていた。

だけど、彼女は学校に通えるくらい平然と外に出ているのだから、外食も問題ないだろう。

父さんや莉音だって、今日くらいは外食をしても許してくれるだろうし。

しかし――。

「ラーメンも、お寿司も食べたことがありませんので、興味はあるのですが……久しぶりに、聖斗様の手料理を頂きたくて……。もちろん、聖斗様がお疲れでしたら、外食で大丈夫です」

なんていじらしくて、嬉しいことを言ってくれる子なんだろう。

食文化も発展しているアルカディアに住んでいて、ラーメンやお寿司を食べたことがないのは気になるけど――俺の手料理を食べたいと言ってくれるなら、振る舞わないわけがない。

「だったら、すぐに着替えて食材を買いに行ってくるね」

生憎《あいにく》、冷蔵庫の中に食材は全くない。

昨日まで気力が抜けていて、お弁当ばかり買っていたからだ。

正直、莉音がまた抜き打ちで見に来ていたら、完全にアウトだっただろう。

「あっ、私もご一緒させて頂いてもよろしいでしょうか？」

俺が料理をする気になったとわかったルナは、パァッと表情を明るくしながら追加のお願いをしてきた。

二人分の食材くらいなら買いものは一人で十分なのだけど、一緒に来たいなら来てもらったほうがいい。

俺も、ルナが一緒にいてくれたほうが嬉しいから。

「わかった、それじゃあ着替え終わったらここで待っとくね」

俺はそう言うと、すぐに自分の部屋に入って出かける準備をするのだった。

なお、買いものをしている最中――

「私も、お料理をしてみたいです……」

――とかわいらしく上目遣いでお願いをされてしまい……匿っている間はお客さんということで料理は遠慮してもらっていたのだけど、これからはお隣さんとしてやっていくので簡単な作業は一緒にすることにしたのだった。

◆

「――沢山、注目されちゃってたね」

買いものを終えてマンションの部屋に帰った俺は、肩を竦《すく》めながらルナに笑いかける。

前に下着を買いに行った時とは違い、今回のルナは変装をせずに素のままで買いものに出かけていた。

その服装も上品でお洒落なものだったためルナの魅力を引き上げており、道中やスーパーでみんなルナに視線を奪われていた。

「ごめんなさい、迷惑でしたよね……？」

俺が嫌味を言ったと捉《とら》えたのか、ルナは不安げに俺の顔色を窺《うかが》ってくる。

別に苦言が言いたかったわけではなくて、大変だったねという感じで苦労を分かち合いたかっただけなんだけど……。

「注目されることはルナのせいじゃないんだから、謝らないでほしいな。それに、ルナが魅力的だから注目されてるんだと思うし、堂々としていたらいいと思うよ。ほら、私綺麗でしょ、みたいな?」

ルナが暗い表情をしていたので、俺は冗談めかしながら言ってみた。

でも最後はともかく、それまでのことは実際そう思っている。

悪い意味で注目されているわけじゃないんだから、胸を張っていればいいはずだ。

『魅力的……えへへ……』

てっきり、《そんなこと、言いませんよ》みたいな感じで笑顔を返してくれるかと思ったのに、彼女は俯いてしまった。

「ルナ?」

「い、いえ、なんでもありませんよ……?」

声をかけたことで顔を上げたルナは、かわいらしい笑みを浮かべていた。

というか、若干口元がだらしなく緩んでいる気がする。

単純に喜んでくれていただけのようだ。

「それじゃあ、ご飯の支度《したく》しよっか?」

問題はなさそうなので、俺は買ってきた食材をマイバッグから取り出す。

そしてキッチンで手を洗ってから、ルナに視線を戻した。

「二人分でいいんだよね？」

「はい、アイラも明日からは食事を共にしますが、本日は私たち二人きりです♪」

アイラちゃんはルナと一緒に隣の部屋で暮らすらしい。

だから一緒に食べるかと思いきや——今日は必要ない、と買いものの最中にルナが言ってきたのだ。

わざわざ別で食べることは気になるが、それよりも初めて料理をするという彼女が怪我《けが》をしないように、ちゃんと気を配っておかないと。

「包丁は持ったことがあるのかな？」

「いえ、初めてになります」

となると、包丁の持ち方から教えたほうが良さそうだ。

正直、扱ったことがないなら持たせるのも怖いんだけど……。

「包丁を使う作業はやめておく？」

「いえ、やってみたいです……」

一応聞いてみるも、やはり料理をするなら包丁も使ってみたいようだ。

本当に気を付けておかないと。

「最初は定番の、玉子焼きを作ってみようか」

「いきなり、難易度が高いですね……」

「えっ、そうかな？」

玉子焼きは、卵を溶いてフライパンで焼くだけの比較的簡単な料理だと思うけど……。

まぁ玉子を巻くのは、慣れるまで難しいっていうのはあるかもしれない。

「卵、上手に割れるでしょうか……？」

ルナは不安げな様子で上目遣いに俺を見つめてくる。

あっ、なるほどそっちか。

料理をしたことがないなら、卵を割ったことがないのもわかる。

そして卵は、慣れるまで綺麗に割るのが難しいのだ。

下手にやれば、殻が混ざってしまう。

「見てて」

言葉よりも見せたほうがいいと思い、俺はキッチン台の平らな部分に優しく卵をぶつける。

そして卵にヒビを入れると、ヒビの中心に両手の親指を少し押し込みながら左右に広げ、ボウルへと中身を落とした。

「殻が……少しも入っておりません……」

ボウルを覗《のぞ》き込んだルナは、感心したように呟く。

「大丈夫、ルナもできるよ」

小さい頃からしているため、さすがに殻を入れるようなミスはしないんだけど、そんなことを言うとルナのプレッシャーになると思った。

だから余計なことは言わず、彼女を励ましてみる。

「私がしてしまうと、殻が入ってしまいそうです……」

「入ったら入ったで仕方がないよ。やらないと上達しないし、やってごらん」

俺は笑顔でルナに新しい卵を渡す。

実際、殻が入ったらボウルから殻を取り除けばいいだけだ。

ちょっと手間《てま》ではあるけど、それは俺がやるので問題ない。

「平らの部分に、優しく当てたらいいからね？」

そう伝えると、ルナは不思議そうに俺の顔を見てきた。

「聖斗様は先程もそうなさっておられましたが、どうして角ではなく平らの部分なのです？」

ルナは疑問に思ったらしく、俺に尋ねてくる。

別に反発の意思があったり、納得がいかなかったりするわけではないだろう。

ヒビを入れるなら、角にぶつけたほうが簡単と思うのも仕方がない。

「ん～、角ですると殻が入りやすくなっちゃうんだよね。平らの部分でヒビを入れたほうが殻が入りづらいから、俺はそうやってる感じかな」

料理の勉強をしているわけではないので理屈はわからないけど、実際に今まで料理をして試してきた経験がそう言っている。

――というよりも、これは莉音に教えてもらったことだった。

俺も最初は角で割ろうとしていて、莉音に注意されてしまったのだ。

だから、ルナに偉そうなことは言えない。

「そうだったのですね……不躾《ぶしつけ》な質問をしてしまい、申し訳ございません……」

ルナは姿勢を正し、深く頭を下げてきた。

やっぱり礼儀正しくて、育ちの良さが垣間《かいま》見える。

「うぅん、こういうふうに習う時は、疑問に思ったらすぐなんでも聞いたらいいんだよ。むしろ、わからないのに聞かずにしようとするほうが良くないかな。日本にはことわざで、《聞くは一時《いっとき》の恥、聞かぬは一生の恥》ってのがあるんだけどね、聞いたらその時は恥ずかしい思いをするかもしれないけど、聞かなかったら生涯知らずに過ごして恥をかき続ける、みたいな意味なんだ。知ったかぶりをするよりも、ちゃんと聞いたほうが自分のためになるから、遠慮なく聞いてほしいな」

ルナは別に聞くことを恥ずかしいなどと思ったわけではないはずだけど、俺に迷惑がかかると思って質問をされなくなってしまうと困るので、ことわざを用いて説明をしてみた。

実際、こういった教えを請《こ》う時は聞いたほうがいいと思う。

間違った知識を得てしまうと、誰かに指摘されるまで気付くことができないパターンが多いのだから。

まぁ、他人に聞くより自分で考えて答えを出せ――みたいなことを言う人も多いみたいだから、場合によるんだろうけど。

今に限って言えば、絶対に聞いてもらったほうがいい。

少なくとも、俺は聞かれることが迷惑だなんて思わないし、聞いてもらったほうが嬉しいのだから。

「ありがとうございます……聖斗様はお優しくて、私も安心できます……」

「あはは、こんなことで怒ってしまうようだと、そもそも教えるのは向かないからね。それよりも、やってごらん」

俺はルナに卵を割るように促す。

それによって、ルナは覚悟を決めた表情で――優しく、卵をキッチン台にぶつけた。

「……割れません……」

しかし、卵のぶつかった部分を見たルナは、悲しそうに表情を曇らせる。

「ヒビも入ってないね。大丈夫だよ、それでいいんだ。後ほんの少しだけ力を加えて、もう一回叩《たた》いてごらん。ヒビが入るまで、何度でもやったらいいんだよ」

俺がそう言うと、ルナは優しく何度も卵をキッチン台にぶつける。

やがてヒビが入ると、彼女は嬉しそうに俺の顔を見上げてきた。

だから俺はニコッと笑みを返し、先を促す。

ルナは俺がした時のことを思い出しているのか、目を瞑《つむ》って数秒間《ま》を開けた後、ゆっくりと卵を広げ始めた。

「――できました……!」

綺麗に黄身と白身だけが落ちたボウルを覗き込むと、ルナはパァッと表情を明るくしながら俺を見てきたのだった。

かわいい。

◆

「……♪」

現在ルナは、ボウルに入れた黄身と白身を、鼻歌を歌いながら箸で混ぜている。

調味料を入れている際に、ボウルの中に砂糖を入れた時は驚いていたけど、甘みがあっておいしいことと、生地がフワフワの玉子焼きになりやすいことを伝えると、彼女も納得してくれたようだ。

「――これくらいでよろしいでしょうか?」

混ぜ終わったルナは、ボウルの中身を見せてくる。

「うん、十分だね。それじゃあ、混ぜ終わった卵液をこれでこしていこっか」

卵液に入れた調味料もしっかりと混ざってよく溶けていたので、俺はしまっていたこし器をルナに見せる。

「このまま焼くわけではないのですね……」

「別にそのまま焼いてもいいんだけど……このひと手間《てま》を加えることによって、滑らかできめ細やかなものになり、フワッとした玉子焼きができるんだよ」

せっかくルナに食べさせるのだから、よりおいしいほうがいいに決まっている。

正直、俺一人だったら面倒くさいと思い手間を省くことが多いんだけど、それはそれだ。

「そういったひと手間を惜しまずにされていることで、聖斗様のお料理はいつもとてもおいしいのですね」

まるで尊敬しているかのように、熱っぽい瞳《ひとみ》を向けてくるルナ。

うん、胸が痛い。

「あはは……よし、もういいかな」

数度こした後、俺は先に玉子焼き用のフライパンを温《あたた》める。

「これもひと手間というわけですね……」

食材を入れずフライパンだけ温めている様子を見て、ルナが折り曲げた人差し指を顎《あご》に添えながらウンウンと頷いていた。

真剣に料理を覚えようとしているのもあり、集中していて理解が早い。

「これもフワッと焼くためのコツだね。予熱っていうんだけど、予め温めておくことですぐに卵に火が通って、いい感じに生地が出来上がるんだよ」

「知らないことばかりです……」

普段料理をしない人間だと、こういった前準備などは知らなくても仕方がない。

知るには誰かに教わるか、自分で調べるか、失敗して学んでいくか――ということしかないだろうし、そのためには料理をしようと思う必要があるのだから。

まじめに学んでいるルナは、すぐに料理の腕も上達するだろう。

「よし、温まったね。じゃあ、サラダ油を入れて――」

ここからはルナにやらせてみようと思い、彼女に説明をしながら指示をする。

ルナは俺の指示通りに頑張って調理に取り組んでいく。

「――これは、一度に入れないのですね……」

調理の最中、一度に全部の卵液を入れようとしたルナを止めると、彼女はシュンッとしてしまった。

「うん、卵液は三回に分けて入れたほうがいいんだ。だいたいでいいから、三分の一の量を入れてまずは焼き、それをフライパンの三分の一のところまで折りたたんだら、また卵液を入れて焼く感じだね」

そう説明すると、ルナは言った通り三分の一の卵液をフライパンに投じた。

そしていい感じに焼けると、俺の指示に従い上手に折りたたむ。

思った以上に綺麗にできたので、彼女は器用なんだろう。

そのまま、ルナは玉子焼きを焼いていき――

「できました……！」

――見るからにフワフワで、綺麗な黄色をした玉子焼きが出来上がると、ルナは《見て見て！》と言わんばかりに俺に見せてきた。

「うん、上手にできたね。ルナは料理の才能があるよ」

お世辞抜きに上手にできているため、俺は笑顔で彼女を褒めた。

それにより、上品でおしとやかな彼女の顔は、子供のようにかわいらしい笑顔になる。

「えへへ……そうでしょうか……？　聖斗様が、教えてくださったおかげだと思います……」

褒められて嬉しい、というのがルナから凄く伝わってきて、俺も頬が緩んでしまう。

本当にかわいい子だ。

「焼き方は口で説明しただけだったのに、ルナは綺麗に作れたんだから凄いよ」

本当は手本を見せたほうがよかったとは思うけど、そうすると量が多くなってしまう。

だから口頭で説明をして、彼女にやってもらったんだけど――ぶっつけ本番で綺麗にできたのだから、ルナには才能があると思う。

「それじゃあ、早速切ってみようか？」

次の料理を作る前にルナに包丁を体験させようと思った俺は、包丁を取り出した。

それにより、包丁を見たルナは息を呑《の》んでしまう。

「やっぱり怖い？」

料理に慣れてないんだから、普通なら包丁の扱いは怖くても仕方がない。

しかし、ルナは――緊張をしながらも、俺から包丁を受け取った。

「だ、大丈夫です……」

「無理はしないようにね。持ち方は――」

俺は念のため包丁の持ち方を教えて、料理を切る際に添える左手の形――いわゆる猫の手も一緒に教える。

ルナは俺の見様見真似で、玉子焼きに左手を添えたが――。

「あの……一つ、お願いをしてもよろしいでしょうか……？」

いざ切り始めるというタイミングで、ルナは上目遣いに俺を見てきた。

「どうしたの？」

「その……手を、添えて頂けませんか……？」

「えっ？」

ルナの言っている意味がわからず、俺は首を傾げてしまう。

手を添えるって……俺に、玉子焼きを押さえろってことかな……？

それはさすがに怖いな……。

自分が切るなら何も問題はないが、料理経験がない子が切るのに左手を添えるのは怖い。

それなら、自分で切りたいくらいだ。

だけど、それは俺の早とちりだったようで――

「アニメのように、後ろから手を取って頂いて、切り方を教えて頂きたいです……」

――どうやらルナは、二人羽織《ににんばおり》のように後ろから俺に手を動かしてほしいようだ。

「……それは、さすがに……」

ルナのお願いに対して少し考えて、俺は断ることにした。

女の子と体を重ねることになるので、緊張してしまうのだ。

「……今更のような気もしますが……？」

俺がなんで躊躇《ちゅうちょ》しているのか、ルナはすぐに察したようだ。

かわいらしく小首を傾げ、純粋な瞳でジィーッと見つめてきていた。

うん、確かに今更な気もしなくはないけど……。

なんせ既に、抱き合った仲なのだから。

なんなら匿っていた頃のルナは、下着の上に俺が学校で着ているワイシャツを身に纏《まと》ってい
ただけだったので、今より遥かに状況はまずかったと思う。

ましてや夏だから俺も半ズボンだったので、普通に足の肌と肌が当たったりしていたし。

「た、確かに、今更かもしれないね」

ルナの純粋な瞳によって、自分だけが意識しているように感じてしまった俺は、意識していないとアピールするために彼女の要求を呑むことにした。

――まぁ、無駄な足掻《あが》きのような気もするのだけど。

「怖くて、一緒にやりたいのかな？」

誤魔化す意味で、俺はルナがお願いしてきた理由を尋ねてみる。

「いえ……こういうのに、憧《あこが》れていましたので……」

しかし、ルナが一緒にやりたい理由は違うようだ。

彼シャツにも憧れていたし、恋人らしいことに憧れてやりたがっているんだろう。

それなら、仕方がない――と、自分に言い聞かせた。

「それじゃあ、いくよ……？」

「はい……」

念のため確認すると、ルナはコクリッと頷く。

その頬はほんのりと赤く染まっており、どこか動きにぎこちなさを感じさせる。

いざやるとなると、彼女も少し緊張しているようだ。

俺はルナの後ろに回り、驚かせないように気を付けながら優しく彼女の右手に自分の右手を重ねた。
一応、ルナの手の甲というよりも、包丁の柄《え》の部分を意識して手で持つ。
左手はさすがに重ねる必要がないだろう。
そうして、俺はルナの上から玉子焼きを見ようとしたのだけど――。
「み、見えない……」
ルナの豊満な胸により、まな板の上に置いた玉子焼きが完全に隠されていた。
「えっ？」
俺の声に反応したルナは、キョトンとした表情で俺のほうを振り返る。
本人には見えているんだろう。
「い、いや、なんでもないよ……」
俺は慌てて笑顔を作りながら誤魔化してしまう。
だって、言えるわけがないじゃないか。
ルナの胸が大きすぎて、玉子焼きが見えないだなんて。
でも、このまま見えない状況で切るわけにもいかない。
間違っても、ルナの手を切るどころか、傷一つつけるわけにはいかないのだから。
どうすればいいんだ……？
何か手はないのかな……？

状況が状況だけに、俺は必至で思考を巡らせる。

「聖斗様……?」

俺が動こうとしないからだろう。

ルナは不思議そうに再度俺の顔を見てきた。

「ごめんね、ルナ。少し下がって、ちょっとだけ前かがみになってくれるかな?」

なんとか答えを絞り出した俺は、ルナの上半身を倒してもらうことにする。

下がってもらうのは、単純に上半身を倒すだけでは玉子焼きとルナが被《かぶ》ると思ったからだ。

もうこれは俺が何に困っているのか言っているようなものだけど、天然なルナは気付かない可能性が高いと思う。

「はい……こうでしょうか?」

ルナは言った通り俺が下がった分自分も下がり、上半身を傾けてくれる。

しかし、本当にちょっとしか傾けてくれなかったので、まだ玉子焼きは見えない。

「ごめん、もう少しいいかな?」

これでは意味がないので、更に倒してもらうようにお願いする。

「はい、わかりました」

素直な彼女は何も疑問を抱かず、上半身を更に倒してくれる。

おかげで、やっと俺にも玉子焼きが見えた。

もちろん俺は、ルナの上から玉子焼きを覗き込むようにして見ている。

『――っ。せ、聖斗様が私の背中に乗っかられていて……聖斗様の体温を感じます……』

だけど、この体勢はルナにとってしんどいのか、彼女は英語で何かを呟いた。

俺の名前を出した気がするけど……？

「ごめん、しんどいかな……？」

「いえ、とても幸せすぎます……」

「えっ？」

幸せ？　なんで？

ルナの答えが思ったものと違い、俺のほうが疑問を浮かべてしまう。

「あっ……な、なんでもありません。それよりも、そろそろ切りませんか？」

ルナが幸せと答えた意味を考えようとすると、何かに気付いたようにルナは急《せ》かしてきた。

何を慌てているんだろ……？

『聖斗様は意識されておられないようですから……ここで意識をされてしまいますと、離れられかねませんものね……』

彼女はまた英語でブツブツと呟き始める。

先程よりも声は小さく、全然聞き取れない。

だから再度尋ねようとすると――

「私は力を入れないようにしておきますから、聖斗様のお好きなように動かしてください」

――俺が声を出すよりも早く、彼女が弾んだ声で先を促してきた。

この声を聞く限り、楽しんでいるようだから……気にしないほうがいいのかな？

あまり尋ねると、しつこい男だと思われかねないし。

「うん、それじゃあ動かすね。怖かったら遠慮なく言ってくれたらいいから」

「聖斗様がついてくださっているのに、怖いものなどあるはずがありません」

念のため言っておいただけなのだけど、凄く嬉しい言葉を返されてしまった。

この子は、出会って間もない俺に変な信頼を寄せすぎている気がするけど――寄せられている身からすると、悪い気はしないどころか普通に嬉しい。

本当に、とても素敵でかわいい女の子だと思う。

莉音以外の女の子をあまり知らない俺からすると、ルナのような女の子と接するのは凄く新鮮だ。

その後はルナと仲良く玉子焼きを切り、他の料理は玉子焼きが冷めないように俺一人で作ったのだった。

もちろん、ルナは近くでずっと俺が料理するところを見ていたのだが。

「――それじゃあ、食べよっか」

テーブルの上に作った料理を並べて白ご飯も準備すると、俺はルナに声をかけた。

「はい♪」

ルナは笑顔で頷き――俺の正面ではなく、隣に座ってくる。

そして、すぐにピトッと体をくっつけてきた。

「ル、ルナ……？」

全く好意を隠そうとしないルナに、ドキドキと胸が高鳴りながら俺は声をかける。

この子と接していると、実は付き合っているのではないかと錯覚しそうになってしまう。

「私、幼い頃からこのような生活に憧れていたのです……」

ルナはどこか楽しそうで――そして、この空気を噛《か》みしめるかのようにしながら、まるで熱に浮かされているかのような表情で俺の顔を見上げてきた。

その様子は色っぽくもあり、どこか守ってあげたくなるような雰囲気もある。

正直、かわいくて仕方がなかった。

「ルナは、いったいどういうふうに育ったの？」

思わず、ずっと我慢していたことを聞いてしまう。

それくらい、もうルナのことが気になって仕方がない。

しかし――。

「おそらく、お話をしてしまいますと……せっかくのお料理が冷めてしまいますので。アイラが戻り次第お話をさせて頂ければと……」

やっぱり、ルナは教えてくれないようだ。

冷めるということは、簡単に話せるようなものでもないんだろう。

アイラちゃんが戻り次第ということも踏まえるに、彼女がいないと話しては駄目なことなのかもしれない。

「ごめんね、聞いちゃって」

「いえ……むしろ聖斗様は、よく何も聞かずに耐えられていると思いますので……。本来でしたら、質問の嵐《あらし》が降《ふ》り注《そそ》いでもおかしくありませんのに……」

謝ると、ルナは首を横に振って申し訳なさそうな表情を浮かべた。

話せていないことに、彼女も罪悪感を抱いているようだ。

やはり、何かまだ話せない訳があるんだろう。

「ううん、気にしないで。俺はただ、ルナが話したい時に話してほしいだけだから」

「聖斗様は、お優しくて……いい人すぎます……」

思ったことを伝えると、ルナが俺の右手に自身の左手の指を絡めてきた。

それは、それぞれの指を絡める恋人繋《つな》ぎだった。

ルナはそのまま俺の肩に頭を乗せてきて、繋いでいる手は甘えるようにニギニギと握ってくる。

なんだ、このかわいい生きものは……。

「あまり買い被《かぶ》らないでね？　俺は大したことはない、ただの日本の一般学生なんだから」

ルナが俺を評価してくれていることが嬉しいと同時に、心配にもなる。

彼女にいつか、失望される日が来るんじゃないのかと。

だって俺には、これといった誇れるものがないのだから。

勉強は莉音に遠く及ばない平均的なレベルだし、運動は少し得意だけど、運動部の生徒には及ばない。

部活にも入ってなくて、何か実績を出せたわけでもないのだから、あまり評価されると後が怖いのだ。

「お優しいというのは、とても素晴らしくて素敵なことなのです。何より、聖斗様は特別な訓練を受けておられないのに、厳しい訓練を受けてきた護衛のお二人を、倒してしまわれました……。それは、とんでもないことなのですよ……」

ルナはしみじみとした様子で、俺のことを褒めてくれる。

だけど、その言葉を聞いた俺は落ち着くどころか、心臓を掴《つか》まれた気分になった。

「今、護衛って言った⁉」

思わず、気になった部分を尋ねてしまう。

「そちらに関しましても、説明はさせて頂きますので」

俺がツッコミを入れると、ルナは否定をせずに仕方なさそうに笑みを浮かべた。

あれ、これって……もしかして俺、とんでもないことをしでかした……？

思い返すのは、ルナを迎えに来た二人のこと。

アイラちゃんは未《いま》だによくわからないけど、尋常ではない動きを見せた上に、日本では持つことを許されない銃を持っていた。

何より——もう一人いた女性は、上品さを匂《にお》わせる偉そうな人だったのだ。

それこそ漫画やアニメに出てくる、お嬢様へいろいろと小言を言うメイドのような感じだったので——ルナはやっぱり、アルカディアで暮らす貴族だったりするのかもしれない。

名前も、異常に長かったし……。

「大丈夫です、聖斗様が何か酷《ひど》い目に遭うことはありませんので」

俺がダラダラと汗をかいていると、ルナが優しい笑みを浮かべながらハンカチで俺の汗を拭いてくれた。

この反応も、想定内だったのかもしれない。

「本当に、大丈夫なのかな……？」

ルナが帰ってきて俺の傍にいるのに、あの迎えに来た女性やアイラちゃんから何も言われないのだから、大丈夫なのかもしれないけど——何もわからない今の状況だと、やはり悪い想像をしてしまう。

「大丈夫です、全て話はついていますので」

まぁ、ルナがそう言うのだったら、信じるしかないか……。

あまり疑うとルナもいい気がしないと思い、俺は彼女を信じることにする。

「ルナがそう言うなら信じるよ。それじゃあ、ご飯を食べるから手を放してもいいかな？」

俺は右利きなので、右手で手を繋いでいると食べられない。

左手でも頑張れば食べられるかもしれないけど、ボロボロとおかずをこぼすようなみっともないところはルナに見せられないし。

そんなことを考えていると、右手が空いているルナが箸を手に取り、ニコッと微笑みかけてきた。

「私があ～んをさせて頂きますので、ご安心ください♪」

そう言ってきたルナの声は弾んでおり、この時を待ち望んでいたかのように見える。

どうやらルナが、俺に食べさせてくれるらしい。

……うん、何をどう安心しろと言うのだろう？

「そ、それは、恥ずかしいかな……」

幼馴染の莉音とさえしたことがないので、女の子に食べさせられるのは恥ずかしい。

だから反射的に断ってしまったのだけど――

「…………」

――ルナはやりたいようで、相変わらずウルウルと瞳を潤わせた、捨てられる仔犬《こいぬ》のような目を向けてきた。

本当に、恋人のようなことをするのに憧れているんだな……。

「わ、わかったよ。それじゃあ、食べさせてくれる?」

俺はルナのこの瞳に弱いようで、折れてしまった。

この表情、凄くずるいと思う。

「あっ……ありがとうございます……!」

しかも、俺がオーケーするとパァッと表情を明るくするのだ。

嬉しそうにしてくれる女の子の頼みを断れるはずがない。

「それでは、あ〜んです♪」

幸せそうに満面の笑みを浮かべるルナは、自分が作った玉子焼きを箸で摘《つま》んで、俺の口に運んできた。

俺は恥ずかしい気持ちを我慢しながら、口を開ける。

すると、ルナはゆっくりと口の中に入れてきた。

「おいしいですか?」

モグモグと咀嚼《そしゃく》していると、ルナはソワソワと体を揺らしながら聞いてきた。

やはり、自分が作ったものだから味が気になるんだろう。

「うん、フワフワでいい感じの甘みになっていて、おいしくできてるよ。ルナはやっぱり料理の才能があるね」

「えへへ……おいしくできててよかったです……」

俺が再度褒めると、ルナの頬が緩んでしまう。

もう本当に、かわいすぎてやばかった。

思わず抱きしめたくなるけれど、さすがに驚かせてしまうのでグッと煩悩《ぼんのう》を我慢する。

その後は、ルナが自分も食べながら俺にも食べさせるという感じで、仲良く食事を進めていくのだった。

同じ箸を使っていたので、間接キスになっていたのだけど……ルナは気にしないらしい。

第五章

秘密と婚約者

yuukai saresouni
natteirukowo tasuketara
oshinobide asobini kiteita
ohimesama dattaken

食事と片付けを終えてからは、ルナと一緒にアニメを見ていた。

本当に彼女はアニメが好きなようで、真剣に見つめている姿《すがた》には微笑ましさを感じる。

ただ、やはり俺《おれ》とくっついているのが好きらしく、アニメを見ている間ずっと腕に抱き着かれていた。

その上俺の肩に頭を乗せてきているので、俺はアニメよりもルナに意識が向いてしまい、内容が全然頭に入らない。

ずっと、心臓がバクバクと高鳴って仕方なかった。

「――そろそろ、夕食の準備をしよっか？」

アニメを見続けていたおかげで、気が付いたら夕方になっていた。

少し早い気もしなくはないけど、ルナと一緒に料理をするので時間は多めに見積もっておくに越したことはないだろう。

「そうですね……」

ルナは俺の言葉に頷《うなず》きながらも、壁にかけていた時計をチラッと見る。

あまり乗り気ではなさそうだ。

「まだお腹《なか》は空いてない感じかな？」

お腹が空いてないのに作っても仕方がないので、ルナに尋ねてみる。

「いえ、そういうわけでもないのですが……そろそろだと思いまして……」

そろそろ？

いったいなんのことだろう？

――そう思った時だった。

インターフォンが鳴ったのは。

「あれ、誰《だれ》か来たみたいだね……。ごめん、出てくるよ」

ルナにそう断わった後、玄関まで行ってドアを開けると――

「お待たせ致しました、聖斗《せいと》様」

――アイラちゃんが、立っていた。

その後ろには、とても不機嫌そうにする莉音《りおん》が立っている。

「どういう状況……？」

「私が聞きたいんだけど？」

尋ねずにいられなくて聞いてみると、莉音は眉《まゆ》を顰《ひそ》めて首を傾《かし》げた。

なんとなくわかっていたけど、彼女の意思でここに来たわけではないようだ。

ここまで機嫌が悪いところを見るのは、かなり久々だな……。

「莉音様にも、ご一緒にお話をさせて頂いたほうがスムーズかと思いまして、勝手ながらこちらにお呼び致しました」

そう答えてくれたのは、アイラちゃんだった。

まさか、俺と莉音の関係まで知っていたとは……。

「その割には、私を連れ回していたのはどうしてなのかしら？」

どうやら莉音は、俺がルナと一緒にいたように、アイラちゃんとずっと一緒にいたようだ。

だから、制服姿のままなのだろう。

「折角の再会ですのに、第三者がいては邪魔になりますでしょう？」

「はぁ……？」

アイラちゃんが言っていることは俺にはわかったのだけど、何も知らない莉音は当然納得がいかない。

基本女の子には優しい彼女なのだけど、何も知らされていないのに連れ回されたせいで、アイラちゃんには少し当たりがきついようだ。

同じクラスなら仲良くしてほしいと思うけど――アイラちゃん、人付き合いあまり上手じゃなさそうだしな……。

彼女は丁寧で礼儀正しいところはあるのだけど、他人に対する関心が大分薄そうに見える。

「一緒に来たらアルフォードさんと聖斗の関係を教えてくれるって言うから、私はずっとあなたについて回ったのだけど？」

「はい、その約束を今果たさせて頂きます」

なるほど、交換条件を出して莉音を連れ回していたのか……。

「それなら、早く説明をしてくれるかしら？」

「そう焦《あせ》らないでください。聖斗様、お部屋に上がってもよろしいでしょうか？」

アイラちゃんはクールな表情で、ジッと俺の目を見つめてくる。

質問をされているけど、これは選択肢があってないようなものだ。

ルナのことを知りたいなら、彼女に上がってもらうしかない。

「ええ、どうぞ中に……」

「敬語は必要ありません。あなたは、私の主《あるじ》のようなものなので」

敬語を使うと、やめるよう促されてしまった。

主のようなものって……やっぱり、ルナがベタベタとしてきている理由と関係ありそうだ。

――まさか……あの婚約者発言は、冗談じゃなかったとか……？

「それじゃあお言葉に甘えさせてもらうね。莉音も……」

「ええ、わかってるわ。あなたにも、じっくりと聞きたいことがあるし」

声をかけると、莉音は半笑いで俺の目を見つめてきた。

うん、やっぱり俺にもかなり怒っているな……。

まぁとんでもないことになっているので、それも仕方がないのだけど。

「ごめんね」

とりあえず、先手必勝という感じで謝っておく。

その間に、アイラちゃんは興味なさそうに部屋の中へと入っていった。

「謝られても……というか、いったい何者なのよ、あの子とあなたの婚約者を名乗る子は？」

こういう時、当事者に答えを求めてしまうのは当然だろう。

しかし、俺に聞かれても困る。

「俺も知らないんだ……」

「はぁ……だと思った……。あなた、いったい何に巻き込まれたのよ……？」

これは幼馴染だからなのか、意外にも莉音は俺が答えを持っていないことに勘づいていたようだ。

冷たい空気が緩和し、俺の心配をしてくれているのがわかる。

「巻き込まれたって……それは、わからないけど……でもあの子たち、悪い子じゃないと思うんだけどね……」

「いきなり婚約者発言をする子が？　見た目が凄《すご》くかわいいからって、流されるのは良くないわよ？」

莉音が言っていることもわかる。

いきなり婚約者宣言をされるなんて、普通なら信じられないことだろう。

でも俺は、ルナと過ごした時間で彼女を信じたいと思っていた。

「とりあえず、話を聞いてみようよ。説明をしてくれるって言ってるんだから」

「全く……あなたのお人好《ひとよ》しにも困ったものね……。お父さんたちも頼りにならないし……」

どうやらここに来るまでの間に、莉音は父さんたちに連絡をしたようだ。

それもそうか、突然義兄《あに》の婚約者を名乗る人物が現れたんだから。

「父さんたちはなんて？」

「何も心配はいらない、としか答えてくれなかったわ。絶対何か知っているのに、私たちに隠しているのよ」

あぁ、莉音の機嫌が悪かった本当の理由は、これなのかもしれない。

俺に対する態度が柔らかくなっているのは、俺は何も隠していなかったとわかってくれたからだろう。

父さんたちも知っているとなると、いよいよ婚約者というのが現実的になってくる。

「――いろいろとお話をされたいことはあると思いますが、まずは中に入られてはどうでしょうか？」

廊下で莉音と話していると、突然ルナが声をかけてきた。

そんな彼女の様子は、先程までの甘えん坊の雰囲気はなくなっており、上品さと高潔さが窺《うかが》える優しくておしとやかな雰囲気を纏《まと》っている。

やはり彼女は、俺と二人きりの時とは別人のようになるようだ。

「……手強《てごわ》そうな女《ひと》……」

ルナを見た莉音がボソッと呟《つぶや》いた言葉は、きっと隣にいた俺にしか聞こえなかっただろう。

「——それで、いい加減説明をして頂けるのかしら？」

俺とルナが座るソファの前に椅子《いす》を持ってくると、莉音は座って目を細めながら小首を傾げる。

威圧的にしているのはわざとだろう。

こういう時、相手に舐《な》められては駄目だ、ということを莉音は知っているようだ。

アイラちゃんは、俺たちと莉音の間に位置する場所へと立っている。

もちろん、俺たちと莉音を遮《さえぎ》るように立つのではなく、ルナと莉音の斜め前の位置だ。

「僭越《せんえつ》ながら、ここからは私《わたくし》アイラ・シルヴィアンがご説明をさせて頂きます。ルナ様、よろしいでしょうか？」

アイラちゃんは会釈《えしゃく》をし、ルナに視線を向ける。

そんなアイラちゃんに対し、彼女は優しい笑みを返した。

「ええ、お願い致します」

てっきりルナが説明をしてくれるのかと思ったけど、アイラちゃんがしてくれるらしい。

お世話係と言っていたし、ルナに対する態度を見てもアイラちゃんは従者みたいなものなんだろう。

こんな少女が従者だなんて……いろいろな文化があるんだな……。

アイラちゃんは再度会釈をすると、今度は俺と莉音を交互に見る。

そして、ゆっくりと口を開き――

「まずはご紹介から入らせて頂きます。こちらにおられる御方は、ルナ・スウィート・クリスティーナ・ハート・アルカディア様です。そして、祖国アルカディアの――　第七王女にあらせられる御方です」

――俺の想像を遥かに飛び越える、とんでもないことを言ってきたのだった。

「王女、様……？」

信じられない告白に、俺は思わず隣に座るルナを見つめてしまう。

すると、俺の視線に気が付いたルナは、ニコッと優しい笑みを返してきた。

この様子、冗談ではないのか……？

確かに、ルナは容姿や仕草から上品さが窺える女の子だ。

改めて見ると、着ている服もお高そうなブランドものに見えてきた。

何より、お付きであるアイラちゃんの異次元の凄さ。

貴族よりも王族と言われたほうが、しっくりとくるかもしれない。

「王女様がどうして日本に？　そんなニュース、テレビやSNSで流れていなかったけど？」

さすがと言うべきなのだろう。

ルナと一緒に過ごした俺はかなり動揺しているというのに、何も知らなかったはずの莉音は全く動揺していない。

淡々と、腑《ふ》に落ちない点をアイラちゃんに尋ねている。

「もちろん、順を追って詳しく説明はさせて頂きます。しかし、先にご質問にお答えさせて頂くのであれば、当然事情があったからになります」

アイラちゃんも感情の起伏があまりなく、莉音と同じように淡々に答える。

この二人が一緒にいると、変な緊張感があって居心地がかなり悪い。

優しい笑みを浮かべながら隣にいてくれるルナが、唯一の救いだろう。

「その事情から、先にご説明願えないかしら？」

莉音は腕を組み、疑うように目を細めながら小首を傾げる。

なんだか、凄く意地が悪い子に見えてしまうが、説明を勝手に引き出してくれる莉音はこの場において俺にも都合がいい。

だから、黙って見ておくことにした。

「………………」

アイラちゃんはチラッとルナに視線を向ける。

それにより、ルナは優しい笑顔で頷いた。

ルナの許しを得たアイラちゃんは、再度莉音に視線を向ける。

「聖斗様は既にご存じかと存じ上げますが、ルナ様が日本を訪れられたのは今回で二度目になります」

アイラちゃんがそう説明すると、莉音がチラッと俺を見てくる。

おそらく彼女は、完全にこの前の《ルナ》発言を今ここにいるルナに紐《ひも》づけただろう。

その際に、俺とルナが婚約者になるきっかけの出来事が起きた、と考えているはずだ。

「二度目ってことは、聖斗が目当てというところかしら？　一度目は、どうして日本に？」

どうやら莉音は、今回ルナは俺に会うためだけに日本へ来たと思ったようだ。

さすがにそれだけで、わざわざ王女様が日本に来るのだろうか？

……………やっぱり、婚約者云々《うんぬん》の問題かな……？

「ルナ様が初めて日本を訪れられたのは、大好きなアニメたちの聖地を巡る、思い出作りのため――というのが、表向きの理由です」

表も何も、俺たちはいっさい理由を知らないのだけど、わざわざ前置きをするくらいには何かあるんだろう。

ちょっと、聞くのが怖いな。

「本当の理由は？」

こういう時、莉音は本当に物怖《ものお》じしない。

よくそんなにグイグイと聞けるものだ。

「婚約破棄と運命の相手を探すため――ですね。知っていたのは、私と第一王女だけですが」

アイラちゃんは澄《す》ました顔で、再度とんでもないことを言ってきた。

婚約破棄……？

あれ、婚約者って彼女たちの言い分的には、俺だよな……？

俺との婚約を破棄するために、わざわざ日本に来た？

――いや、ありえない。

そもそもルナと俺に接点なんてなかったし、日本に来たのが二度目の彼女は、俺との婚約関係を嬉々として語っていた。

それに俺の家は一般家庭で、父さんも普通のサラリーマンだ。

アルカディアの王族と繋《つな》がりがあるはずがない。

となると、元々ルナは誰かと婚約をしていたんだろう。

とても綺麗《きれい》な子だし、王族や貴族なら政略結婚などがあっても不思議じゃない。

「それで、聖斗が運命の相手に選ばれた、と……。その辺も詳しく聞きたいところだけど……まぁ、それは後でいいわ。それよりも、本当に王女様なら、そんなこと許されないのではないかしら？」

莉音は俺が選ばれた理由を後回しにし、話を元に戻す。

そちらのほうが気になっているんだろう。

莉音の質問に対して、アイラちゃんはコクリッと頷く。

「はい、本来であれば許される行為ではなかったでしょう」

アイラちゃんがそう言うと、ルナは俯《うつむ》いてしまう。

そして、ソ～ロリと俺の手を握ってきた。

やっぱり、向こうでいろいろとあったようだ。

俺はルナの手を優しく握り返す。

すると、彼女は嬉《うれ》しそうに俺の目を見てきた。

うん、やっぱりルナは笑顔がよく似合う。

暗い表情なんてしてほしくない。

「しかしルナ様は、幼い頃より王族らしく振る舞うことを心掛け、女王様方の言うことを素直に聞いてこられました。そんなルナ様は、凛々《りり》しくて優雅であり、才覚にも恵まれておられたことから、八人おられる王女様方の中で、次期女王となられる第一王女に次ぐ支持を国民から得られております。いくら女王様方でも、無下にすることはできませんでした」

えっと……つまり、ルナの人気が高くて、彼女を無下に扱うと国民から文句が出る、とかそういうこと……?

てか、ルナって八人姉妹なのか……凄い……。

「だから、こうして聖斗のもとに婚約者としてこられた、と？　さすがに都合が良すぎないかしら？」

話についていくのが精いっぱいの俺に対し、莉音は素早く頭の中で整理をしているようだ。

「もちろん、すんなりとはいきませんでした。婚約者が決まっている事実は重く……決まってしまった時からルナ様は反対の意思を伝え続けられましたが、それでも女王様方を説得できませんでした。その代わりに、日本旅の許可が下りたのです」

王族として振る舞っていたルナはわからないけど、一緒に暮らしていたルナはかなり乙女《おとめ》な性格をしていた。

恋人らしいことにも憧《あこが》れを見せていたのだから、結婚に関しても憧れはあったのだろう。

そこを、他人に決められるのを嫌がるのは無理もない。

いい子だからこそ、今まで親の言う通りで生きてきたけれど、こればかりは譲れなかったんだろうな。

そう俺が頭の中で整理している間にも、アイラちゃんの説明は続く。

「そして日本を訪れた際に、ルナ様は賭《か》けに出られました。そしてその賭けに見事に勝利したルナ様は、アルカディアへ戻り一カ月近くの交渉を続けられたのです。結果的には、二つの事柄が決定打となり、こうして許しが下りました」

アイラちゃんはそう説明をしている間に、チラッと俺の顔を見てきていた。

俺も関係している、ということだろう。

「その二つの事柄とは？」

「一つ目は、ルナ様を溺愛されておられる第一王女をはじめとした、第二から第六、そしてルナ様の妹君であらせられる、第八王女がルナ様を擁護なされたこと。王女様方全員がルナ様側に付かれている以上、女王様が不利というのは想像に難《かた》くないと存じます」

確かに、将来国を担う人たちと敵対するようなこと、たとえ国の長《おさ》でも避けたいだろう。自分が退《しりぞ》いた後を任せることになるので、関係が悪くなっていると自分の生活が脅《おびや》かされかねないのだから。

まぁルナは仕返しとか腹いせとかしないだろうけど、他の王女たちもそうとは限らない。莉音みたいな《やられたらやり返すまで気が収まらない》タイプが相手だと、なおのこと慎重になるだろうし。

そんなことを呑気《のんき》に考えていると――

「そして二つ目の理由ですが……ルナ様が、聖斗様と体の関係をお持ちになられたからです」

――とんでもない爆弾が、アイラちゃんによって放り込まれた。

「……へぇ、体の関係、ねぇ……？」

アイラちゃんの爆弾発言により、莉音の突き刺さるように冷たい目が俺へと向けられる。

今まで莉音に向けられた中で、もっとも冷たい目かもしれない。

おかげで、俺は冷や汗が止まらなかった。

「ちょっ、何を……⁉」

もちろん、そんな事実がない俺は声を上げる――が……。

「私どもがこのお部屋にルナ様をお迎えに上がった際、ルナ様の服装は、聖斗様が普段学校で着ておられるワイシャツと――下着だけでした」

アイラちゃんがそう言うと、再度莉音の冷たい視線が俺へと向く。

その目は、《彼シャツってことは完全に事後じゃない》とでも言いたげだった。

当然、俺の冷や汗は滝のように勢いを増す。

「いや、それはルナがその格好を望んだだけで――！」

「その際にルナ様は、聖斗様とのご関係を、一緒に寝た仲であり、優しく抱き合った仲だとご説明なさりました。そして、私は念のため聖斗様にもご確認をし――聖斗様はお認めになりましたので、我々はそういうご関係にあるものだと、判断したのです」

アイラちゃんは感情を表に出さない無表情で、淡々と説明をしてきた。

つまり、ルナが彼シャツ姿で、俺と抱き合ったり一緒に寝たりした仲だと言ったことによって、暗に《体の関係を持っている》と言ったように捉《とら》えられたわけだ。

その上俺が言葉通りに捉えて認めてしまったせいで、確信されてしまったらしい。

本当に、体の関係なんて持ってないのに……。

ルナの煽情《せんじょう》的な姿を見ても、手を出さないようにグッと我慢をしていたのだから。

「随分と……一人暮らしを謳歌《おうか》していたようね？」

莉音はいつの間にか光を失った瞳《ひとみ》になっており、口角を吊り上げながら小首を傾げる。

目と口元が合っていなくて、非常に怖い表情だ。

後で詰め寄られる未来が容易に見えてしまう。

「婚約者がいるにもかかわらず、別の男性と行為に及んだことが知られると、王家の威信《いしん》に関《かか》わります。そして誤魔化《ごまか》そうにも、直《じき》に相手方にも知られてしまいます。そのため、女王様方は婚約を白紙に戻し、既にご関係を持っている聖斗様を、新しい婚約者とすることに決められました」

相手方とは、元婚約者のことだろう。

ルナが結婚した場合そういった行為に及ぶだろうから、既に経験済みかどうかはわかってしまうはずだ。

だから、婚約自体を取り消したというわけか……。

そして、俺が新たな婚約者に――って……。

「俺、よく無事でいられますね……？」

王女様に手を出しただなんて、普通ならタダで済まないいんじゃないだろうか……？

連れ去られて、向こうの法で裁かれてもおかしくないレベルだと思う。

「ルナ様は、お忍びで日本を訪れていたわけですから、大事《おおごと》にするわけにはいきません。何より、ルナ様自身が聖斗様との婚約を望まれていることが大きいです。ルナ様が愛しておられる御方を──よもや、殺すわけにはいきませんでしょう？」

殺す、という言葉を言った瞬間、初めてアイラちゃんの表情が動いた。

それも、《ふっ……》と鼻で笑う、意味深で意地悪な笑みだ。

この子──実は、結構癖《くせ》がある子なのか……？

今の笑みがいったいどういう意味だったのか知りたいような、知りたくないような……。

「聖斗と出会ったのは、偶然なのかしら？」

そんな中、冷静に莉音は質問をする。

ここまで来ても冷静でいられる彼女は、本当に凄い。

「はい。建前《たてまえ》はともかく、実際のルナ様は運命のお相手を探す旅をなされており──偶然、聖斗様に助けて頂いたことから、聖斗様に強くご関心を抱かれたのです」

アイラちゃんの説明を聞き、ある言葉がチクッと胸に突き刺さった。

些細《ささい》なことなのかもしれない。

だけど俺は、そのことを気にせずにはいられなかった。

「助けた、というのは？」

「ルナ様は、東京から順にアニメの聖地巡りをしつつ——脱走の機会を窺っておりました。そして、ここ岡山県にて脱走をなされたのですが——数時間ほどで、護衛に捕まってしまったのです」

どうして、アニメ好きなのに秋葉原がある東京ではなく岡山にいたのかと思ったら、そういうことか。

ここ岡山もとあるラブコメアニメの舞台になっており、聖地がいくつかある。

ルナはそれ目当てで岡山に来て、そのままアイラちゃん協力のもと脱走したということだ。

——んっ、護衛……？

「やっぱり俺が倒しちゃった人たち、護衛の人たちだったの⁉　誘拐犯じゃなく⁉」

「おや、気が付いておられたのですね？」

俺の質問に対し、アイラちゃんは意外そうに首を傾げる。

そりゃあまぁ、ルナがさっき漏らしたからね……！

でも、何かの間違いだと思いたかったよ……！

「嘘《うそ》でしょ……。俺、まじでとんでもないことをしたんじゃ……？」

「なるほど、後になって気が付かれた感じでしょうか」

俺の反応を見て、ルナを助けた時は気が付いていなかった、とアイラちゃんは結論付けたようだ。

もちろん、その通りなのだが。

「まぁ、知らなかったとはいえ――王女を連れ帰ろうとした我々の邪魔をしたわけですから……本来であれば、命の保証はなかったですね」

今度は、ニコッととても素敵な笑みを浮かべるアイラちゃん。

あっ、この子わかりづらかったけど、絶対ドSだ。

俺を困らせて心の中で楽しんでる。

「アイラ、もう聖斗様を困らせるのはおやめなさい」

この状況を見かねたようで、ルナがアイラちゃんを注意してくれた。

それにより、アイラちゃんがコホンッと咳払《せきばら》いをする。

「失礼致しました。もちろん、その件に関しましても不問となっておりますので、ご安心ください」

どうやら、護衛の人たちを倒したことも許されているようだ。

ルナも問題ないと言っていたから、そこは信用していいだろう。

だけど――。

「それでも俺、あの人たちに謝らないと……。知らなかったとはいえ、悪くない人を傷つけてしまったんだし……」

悪人じゃないのなら、傷つけたことをちゃんと詫《わ》びないといけないと思った。

「そうおっしゃられると思い、既に呼んでおります」

アイラちゃんはそう言うと、ドアを開ける。

すると、二人の黒服男性が立っていた。

そう、俺が倒してしまった二人だ。

「準備良すぎない⁉」

「先を読むのも、私の仕事ですから」

クイクイッと中指で眼鏡《めがね》を上げる仕草をするアイラちゃん。

もちろん、アイラちゃんは眼鏡なんてしていない。

なんだこの子、無表情のくせに実は面白《おもしろ》い子だぞ……！

「アイラちゃんって、何者……？　凄すぎない……？」

「アイラはとても優秀な子なのです」

隣に座っているルナに尋ねてみると、彼女は嬉しそうに笑みを浮かべた。

どこか自慢げなので、ルナにとってアイラちゃんはお気に入りなことがわかる。

「ルナ様には到底及びませんが。二人とも、こっちに来て」

どうやら立場はアイラちゃんのほうが上のようで、男性二人はアイラちゃんの指示のもと、彼女の隣へと移動した。

年齢的にはおじさんと言っても良さそうな人たちなのに……。

「あの、すみませんでした……。暴力をふるってしまって……」

とりあえず場を設けられたので、俺は二人の前に行って頭を下げた。

すると――。

「「こちらこそ、大変申し訳ございませんでした……！」」

なぜか、全力で土下座をされてしまった。

「えっと……？」

予想外すぎる反応に、俺は思わずアイラちゃんを見てしまう。

「聖斗様は、既にルナ様の婚約者にあたります。つまり先程申し上げました通り、我々からすれば主《あるじ》に近しい存在なのです。もちろん、我々の主はルナ様ですから、優先させて頂くのはルナ様になりますが」

なるほど、それであの威圧的だった黒服二人がこんなふうに下手《したて》に出ているのか。

なんだか、居心地悪いな……。

「俺はただの一般人ですし、別に偉いわけではありませんので、そんなにかしこまらないでください。普通の少年として、扱って頂けたら十分ですから」

ペコペコとされるのに慣れていない俺は、笑顔で黒服二人に伝えた。

アイラちゃんは年下のようだから敬語を使われても違和感はないのだけど、自分よりも一回り以上年上に見える人たちに下手に出られるのは居心地が悪い。

だから、思ったことを伝えただけなのだけど——。

「やはり、ルナ様が選ばれた御方……！　器が大きすぎます……！」

「失礼を働いた我々を許してくださり、その上なんと寛大なお言葉を……！」

なぜか全くわからないけど、俺の評価が上がっていた。

普段どういう環境にいるんだ、この人たち……。

「あなたたちはもういい。話が進まないから、下がって」

「「はっ……！」」

俺が謝ったことでもう用済みと言わんばかりに、アイラちゃんは二人を下がらせた。

この子が怖くて、あの二人は従順なのかもしれない。

「さて、お話を戻させて頂きますが——」

「その前にアイラ、私から話をさせてください」

アイラちゃんが説明に戻ろうとすると、ルナが遮《さえぎ》ってしまった。

それにより、アイラちゃんはペコッと頭を下げる。

その様子を見たルナは、笑顔で莉音に視線を向け——

「先程、私と聖斗様は体の関係を持っている——とアイラは説明しましたが、ご安心ください。そのような事実は、ありませんので」

——莉音が抱える誤解を、自ら解いてくれた。

「ルナ様……」

ルナの発言にいち早く反応したのは、意外にもアイラちゃんだった。

無表情なのに、少し不満そうに見えた気がする。

ルナが主とはいえ、完全に従順というわけでもなさそうだ。

「アイラの思惑も理解はしておりますが……誤解を招いたままでは、聖斗様を困らせてしまいます。立場も、悪くなってしまわれるでしょうし」

ルナはそう言うと、チラッと莉音を見る。

既に体の関係を持っていることを知った莉音が俺を問い詰めたり、冷遇したりするということをルナは察したんだろう。

「そう……まぁ聖斗はそんなことをする人じゃないから、鵜呑《うの》みにしてはいなかったわ」

莉音は素直にルナの言うことを信じたようだ。

だけど、待ってほしい。

先程の冷え切った瞳――絶対莉音は、俺がルナと肉体関係があると思っていたはずだ。

さすがにそれくらいはわかる、伊達《だて》に物心ついた頃からの付き合いじゃないんだから。

「でも、その女王様たちは信じているのでしょ？」

誤解が解けたことで莉音の圧は弱まり、彼女は試すような目でルナを見る。

説明をしていたアイラちゃんではなくルナに尋ねたのは、ルナが自分から話すようになったからだろう。

「ええ、その通りです。真実を知っていますのは、アイラと第一王女のお姉様だけですから」

ルナはわざわざ、自分の姉のことを第一王女と表した。

おそらく、名前を言っても俺たちにはわからないと思ったんだろう。

先程からアイラちゃんも他の王女と切り離した言い方をしていたし、第一王女とルナは特別仲がいいようだ。

「そこまでして聖斗と婚約関係になろうとするなんて……それほど、元婚約者は酷《ひど》い相手だったのかしら？」

「いいえ、そうではございません。ルナ様は先程申し上げました通り、国民からも人気が高く、王位継承権は第七王女にもかかわらず、第二位です。つまり、万が一第一王女に何かあった場合は、ルナ様が女王を継ぐことになりますので――婚約者も、かなり慎重に選ばれました」

長ったらしい説明だからか、アイラちゃんがまた話に割って入る。

ここからはまた、彼女が説明をしてくれそうだ。

「かなり慎重に選ばれたってことは、貴族の中でも力がある家の長男とかかしら？」

「ええ、アルカディアで遥か昔から王家を支える優秀な家系の貴族であり、国内でも一、二を争う美男子として評判のお相手でした。もちろん、人柄も優れておられます」

アイラちゃんの説明を聞くと、莉音が俺の顔を見てくる。

そして何も言わず、視線をルナへと向けた。

「そんな相手がいて、どうしてわざわざ婚約を破棄する必要があるの？　ましてや、新たに選んだ相手が日本の一般家庭の学生だなんて、納得がいかないわ」

俺も莉音と同じ気持ちだ。

てっきり、王家を敵に回すようなことをしてまで婚約破棄をしたというから、酷い相手なのかと思ったけど——話を聞く限り、そうではない。

むしろ、進んで婚約者としてお願いしたいようなレベルの相手じゃないだろうか？

「私は、自分でお相手を選びたいのです。決められた御方との婚約など、認めるわけにはいきません」

ここに来て初めて、ルナが静かな怒りを見せる。

揉《も》めていたようだし、いろいろと思うことがあるのだろう。

「まぁ、気持ちはわからないでもないけど……」

ルナの表情が演技ではないと莉音も感じたようで、完全に否定はしなかった。

しかし、まだ納得してもいなさそうだ。

国を導く王家という立場であり、お相手も優れた人格者を用意してもらっているのに、自分が選んだ相手じゃないから嫌だ——というのは、聞きようによっては子供だ。

だけどそれだけ、ルナにとって譲れなかった部分だということもわかる。

なんせ彼女は、アイラちゃんの説明を聞いた限り、今までは王家としてあるべき姿を演じて頑張っていたようだから。

彼女が俺と二人きりの時見せる姿が多分本当の彼女で、他の人たちがいる時に見せる姿が王家としてあるべき姿、という感じなのだろう。

そこまで割り切って取り繕っている彼女が、それを崩してまで主張しないといけなかったのが、婚約者を選びたいということだったのだ。

夢見る乙女みたいなルナの性格を考えれば、そこを譲りたくないのは当然だろう。

「揉めるのも、当然ね」

莉音はルナと女王が揉めていたことを持ち出す。

心情としては女王寄りの考えなのだろう。

外面《そとづら》のルナしか見ていない莉音がそう思うのも、仕方がない。

「元々、ルナ様は幼い頃から、婚約者に関しては自分で選ばせて頂くようにお願いしておられました。そして女王様方も、ルナ様のお願いをお聞きになり、婚約者は用意しないように約束をしておられたのです」

「それがどうして、婚約者を用意されているの？」

ルナを庇《かば》うように説明したアイラちゃんに対し、莉音はすぐに納得がいかない部分を突《つ》く。

「それは、今まで素直に女王様の言う通りに従っていたルナ様であれば、婚約者を用意して外堀を埋めてしまえば、言うことを聞かれると判断されたからです。女王様方は、ルナ様をきちんと見ておられなかったので、そうお考えになられたのでしょうが――」

アイラちゃんはそこで言葉を止め、ルナを見る。

ルナの本当の性格を、女王たちは知らないのだろう。

まさかルナが、こんな強引《ごういん》な手段に出るだなんて想像もしなかったんだろうな。

「……大方、わかったわ」

アイラちゃんがそれ以上の言葉を紡《つむ》がないと判断したんだろう。

莉音のほうから話を終わらせてしまった。

しかし、完全に終わらせたわけではないようで――。

「あなたたちが話したことが、全《すべ》て真実だという仮定で進めさせてもらったとして、婚約者と決めるなら一方的とはいかないでしょ？　私たちの親の合意は、得ているということね？」

今までの話は全てルナ側で起きていたことだ。

莉音が指摘した通り、婚約者と断定するには俺たちの親の合意が必要なはず。

王族だから、そこを無視して強引な手段も取れるのかもしれないが――多分、ルナはそんなことを望まない。

そして、莉音が父さんたちに電話した時の反応を聞くに――。

「ええ、謝礼金と共に、既に全てご説明をさせて頂き、了承も得ています。莉音様はたまたまご不在のようでしたので、知らなくても不思議ではないかと」

「たまたま、ね……」

アイラちゃんの言葉に対し、莉音は目を細める。

莉音が引っかかりを覚えるのも無理はない。

彼女はあまり外に出たがらない性格で、休日は自分の部屋でのんびりと過ごすタイプだ。

夏休みの時も、ほとんど外出をしなかっただろう。

多分、長時間外出したのは俺の部屋に来た日くらいで、偶然その日に重なるとは思えない。

莉音が不在のタイミングを狙《ねら》った、と考えるのが妥当だ。

何より、父さんたちが莉音に何も説明をしていないのがおかしいし。

「謝礼金というのも気になるわね。要はうちの親は、大金で聖斗を売ったのかしら？」

「謝礼金には、ルナ様を助けて頂いたお金——とは別に、こちらのお願いを聞いてもらうお礼分も含まれていることは確かです。しかし、王族ということだけではなく、絶世の美女でありながら、人格者でもあられるルナ様と婚約できるのですよ？　ご子息の幸せをお考えになられた時、婚約という道を選ぶのが普通の親ではありませんか？」

「………」

小首を傾げて莉音を見つめるアイラちゃんを、莉音は不服そうに睨《にら》む。

しかし、言い返すことはしなかった。

――いや、言い返せなかったのかもしれない。

俺の意思は含まれていないが、確かにそんな好条件を断わる親はそういない気がする。

「ご納得、頂けましたか?」

黙り切った莉音に対し、あえてアイラちゃんは彼女を突《つ》いた。

言質《げんち》を取りたいのかもしれない。

それに対して、莉音は――

「ええ、納得したわ。うちの親が了承したことに関してはね。ただ、まだ疑問が一つだけ残っているの。そちらに答えてもらっていいかしら?」

――認めた上で、まだやりあうようだ。

残り一つだと言っているのだし、好きにさせておけばいいだろう。

それで莉音が満足してくれたらいい。

「婚約者として聖斗を選んだのは、妥協《だきょう》じゃないかしら?」

最後に莉音がしたのは、俺が先程心の中で引っかかった部分に関する質問だった。

「妥協とは?」

そう尋ねたのは、莉音に言われたルナではなく、アイラちゃんだった。

ルナは温和な笑みを浮かべており、まるで《そうおっしゃられると思っておりました》とでも言わんばかりの、余裕を見せている。

「だって、そう思ってもおかしくないでしょ？　アルカディアさんは婚約をする代わりとして旅行をさせてもらい、そこで自分の運命の相手を見つけるつもりでいた。でも、普通に考えてそういう機会はそうそうないし、護衛の目を盗んで抜け出すことでさえ一度が限界でしょ？　だから、助けてくれた聖斗を運命の相手だと無理矢理思い込んで、妥協しているんじゃないかしら？」

莉音がそう思うのも無理はない。

なんせ俺とルナでは、立場も、家柄も、そして見た目も全く釣り合っていないのだ。

それなのに、ルナが俺を婚約者に選んでいることは、誰の目から見てもおかしい。

ルナがどういう状況だったかを知った今となっては、自分で婚約者を決めたい彼女が、決まっていた婚約者と結婚しないで済むように、俺を選んだようにしか見えなかった。

もし運命の相手が見つからないままアルカディアに帰ることになれば、もうルナに婚約者を自分で決めるチャンスはなかっただろうから。

そこが俺も引っかかっていたのだ。

「ルナ様は、そのような御方では――」

「アイラ、控えてください。私の口から説明をさせて頂きます」

アイラちゃんが不服そうに否定しようとすると、それをルナが手で制した。

ここからは再び、彼女自身が説明をしてくれるらしい。

「莉音さんはご存じありませんので、そのように仮定をなされるのは当然かと存じます」

「と言うと？」

「まず、私は自ら連絡をし、アイラたちに迎えに来させました。つまりその気になれば、私はまだ運命の相手探しを継続することができた状況にあったのです」

彼女の言う通り、ルナは自ら居場所を教え、その後すぐに迎えが来た。

それまで彼女の場所はバレていなかったはずだ。

バレていたのなら、すぐに連れ戻しに来ていただろうから。

「だから、聖斗を選んだのは妥協ではないと？　でも、運命の相手がそう簡単に見つからないことは、アルカディアさんもわかっていたはずよ。それで、助けてくれた聖斗でもいい、と妥協したという可能性は残るわ」

莉音はまだ納得していないらしく、ルナの主張は正しくないと言う。

俺も莉音側の心境だったので、余計な口は挟まない。

「聖斗様は、体格の良い男性二人に取り押さえられている私を、迷いなく助けに来てくださいました。そして、身分もわからない怪しい私のことを疑わず、お願いを聞いて匿《かくま》ってくださったのです。それだけで、聖斗様の人柄はとても評価できるものだと存じ上げます」

ルナは俺に好意を持った理由を説明してくれた――が、莉音は納得いっていないようだ。

「それは、アルカディアさんがかわいかったからじゃないの？」

「莉音さんは、聖斗様が相手によって助けるかどうかをお変えになる御方だと、お考えで？」

莉音の質問に対し、ルナは間髪《かんはつ》入れず笑顔で質問を返した。

それにより、莉音は息を呑《の》んで言葉に詰まる。

「それは……思ってないけど……」

「私もです。下心がある御方は、すぐにわかるものですよ。しかし聖斗様は、純粋なお気持ちで私を助けてくださいました」

「そんなの、わからないじゃない……。私は長い付き合いだから知っているってだけで……」

「いいえ、わかります。先程アイラが申し上げました格好――彼シャツ姿でいる私に、聖斗様は手をお出しになりませんでしたから。私は、何日も一緒に寝ていたのにですよ？」

ルナがそう説明すると、莉音の物言いたげな視線が再び俺に向く。

まぁ言わんとすることはわかるのだけど……。

「それだけではございません。体の洗い方がわからず、私がバスタオル一枚で聖斗様の前に顔を出しても、聖斗様は私を襲う素振りすら見せていませんでした。それにより、聖斗様には下心がないことは証明できるかと存じます。そして私は、一緒に過ごさせて頂く間に、聖斗様はとても素敵な御方だと思い――婚約者になって頂きたいと考えたのです」

どうやら俺は、ルナに試されていたようだ。

天然そうに見えて、やっぱり抜け目がない子だったらしい。

……よかった、ルナの誘惑に負けなくて……。

正直、一緒に寝ていた時は危ない場面もあった。

こんなにもかわいい子に彼シャツ姿で抱き着かれて、男の欲望が刺激されないはずがないのだから。

「聖斗を試すために彼シャツ姿やバスタオル姿になるのは、やりすぎじゃないかしら……？」

莉音はほんのりと頬《ほお》を赤く染め、責めるような目でルナを見つめる。

クールなくせにえっち方面には耐性が皆無なので、こういう話をすること自体が恥ずかしいのだろう。

「彼シャツには私の個人的な憧れがあり、バスタオル姿に関しましても洗い方がわからなかったのは嘘ではなく、やむを得ず――ということでしたので、試すためだったわけではございません。結果的に、そうなったというだけのお話です」

俺の思ったことは早とちりだったようで、ルナは試すわけではなかったと主張をした。

それにより、続けてアイラちゃんが口を開く。

「ルナ様は、ご結婚なさるまで夜の営《いとな》みは禁止だとお考えの御方です。当然、無闇《むやみ》やたらに肌を男性に晒《さら》すようなことはなく――彼シャツ姿になられた時点で、ルナ様はとても聖斗様をお気に召されておられたということになります。妥協した相手でありましたら、そのようなことは決してなさらなかったでしょう。そもそも、好意がある相手の服でなければ、彼シャツは意味がありませんしね」

そうアイラちゃんが補足したことで、俺は記憶を辿《たど》る。

ルナが彼シャツ姿になったのは、初日のお風呂《ふろ》を上がった後だから――ということは、バスタオル姿が先なんだけど……？

――と、アイラちゃんの説明は辻褄《つじつま》が合わないと一瞬思ったけれど、よく考えたらルナがワイシャツを持って行ったのはお風呂に入る前だ。

つまり、バスタオル姿を晒す前から、ルナは俺のことを気に入ってくれていたんだろう。

食事とかを一緒にしている間に、気に入ってもらえたというわけか……。

「まぁ、いろいろとツッコミたいところがないわけではないけど……聖斗に関して、妥協じゃないということはわかったわ」

莉音はもう満足したようで、今度は俺の顔を見てきた。

「それで、あなたはどうするの？」

「えっ……？」

莉音の問いかけがわからず、俺は思わず首を傾げてしまう。

「相手は準備万端。うちの親も了承している。でも、婚約者に関して聖斗も知らなかったのでしょ？　あなた自身の気持ちは、どうなのかと尋ねているのよ」

確かに、今は外堀を完全に埋められた状況で、俺の意思は何も聞かれていなかった。

だから莉音は、わざわざ聞いてきたんだろう。

俺は目を閉じて考える。

莉音への気持ちは、正直まだ整理がつききってはいない。

だけどルナの存在は、いなくなってから再会するまで引きずるほど、俺の中で大きくなっていた。

王族とかの問題には巻き込まれたくないけど、ルナと幸せな日々を送れるなら、婚約者になることは——。

「そうだね、俺はルナと婚約者になれることを、嬉しく思ってるよ」

これで完全に莉音への気持ちも整理がつくかもしれないと思い、俺は笑顔で頷いた。

それにより、ルナの表情がパァッと明るくなる。

「聖斗様、よろしいのでしょうか……⁉」

「うん、俺もルナのことをずっと待ってたし、願ってもないことだよ」

俺なんかでいいのかな、という気持ちや、本当に妥協ではないのかな——という気持ちはあるけど、わざわざ口にすることではない。

今はただ、ルナに笑顔を返しておくのが正解だ。

「そう……なら、私からもう文句はないわ。婚約、おめでとう」

莉音は澄ました顔でそう言うと、立ち上がって帰り支度を始める。

先程まで追及をしていたのに、態度が変わりすぎだ。

「兄君《ぎみ》が婚約をなさるというのに、随分とあっさりとされたものですね？」

アイラちゃんも疑問に思ったらしく、小首を傾げて莉音に尋ねる。

「だってこれは、聖斗の問題でしょ？　騙《だま》されていたり、望んでいないのに外堀を埋められていたりするなら反対をするけど、そうではないとわかった以上、私から文句を言うことはないわ。聖斗が幸せになってくれるなら、それでいいのだから」

莉音はそれだけ言い残し、部屋を出ていった。

あんなことを言われて、俺はどう思ったらいいんだろうか……？

昔と変わらず根は優しくて世話焼きの幼馴染に対し、既に振られている俺は複雑な感情を抱いた。

「それでは、話がついたようなので私もこれで」

そうしていると、アイラちゃんまで部屋を出ていこうとする。

「本当に、ご飯一緒に食べなくていいの？」

用事は終わったようだし、ルナの従者なら彼女の傍《そば》にいるのが普通だと思う。

だから声をかけてみたのだけど――。

「ルナ様のお気持ちもお考えください。聖斗様と再会されるために沢山お頑張りになり、やっとの思いで再会をなされたのです。初日くらいは、二人きりで過ごしたいものでしょう？」

「あっ……」

だから、昼もアイラちゃんは一緒に食べなかったのか……。

ただ莉音を連れ回して、時間を稼いでいただけじゃなかったんだな……。

チラッと俺はルナに視線を向けてみる。

莉音がいなくなったからか、ルナの凛《りん》として大人びた表情は鳴りを潜め、甘えたそうな上目遣《うわめづか》いでソワソワとしていた。

どうやらこの姿は、アイラちゃんには見せていいらしい。

「私は部下と共に食事を済ませますのでお気遣いなく。明日からは、ご一緒させて頂きます」

アイラちゃんはそう言うと、本当に俺の部屋から出ていってしまうのだった。

第六章

甘えん坊でかわいいお姫様

「また、二人きりになってしまいましたね……？」

莉音《りおん》とアイラちゃんがいなくなった後、構ってほしそうに落ち着きがないルナは、わざわざ二人きりの状況を言葉にしてきた。

俺《おれ》から誘うのを待っているんだろう。

「アニメ、見よっか？」

アイラちゃんたちが来るまではご飯を作ろうとしていたけれど、ルナは莉音や俺に説明をして疲れもしただろうし、今は少し休んでもらいたかった。

「ありがとうございます♪」

ルナは声を弾ませながらお礼を言うと、俺にくっついて肩に頭を乗せてきた。

この体勢を気に入っているんだろう。

彼女のような美少女にくっつかれると俺は鼓動が早くなり大変なのだけど、ルナは幸せそうに頬《ほお》を緩めているので駄目だとは言えない。

そのままいつものようにテレビをつけ、配信サイトのアニメを映す。

そうして、ルナが好きなアニメを見ていると――。

yuukai saresouni
natteirukowo tasuketara
oshinobide asobini kiteita
ohimesama dattaken

「聖斗《せいと》様は、私にお聞きしたいことはございませんか？」

突然、ルナが俺に尋ねてきた。

「急にどうしたの？」

「莉音様はいろいろとご質問をなされておりましたが、聖斗様は黙っておられましたので」

どうやらルナは、俺が遠慮して何も聞かなかったと思っているようだ。

まぁ正直、話についていくのでいっぱいいっぱいになってたんだけど――。

「莉音が聞きたいことは聞いてくれたってのと、俺にとって嫌なことがなかったからね。ルナが隣にいてくれるだけで、俺は十分なんだよ」

「――っ」

笑顔で言うと、ルナは息を呑《の》んで俺から顔を背《そむ》けてしまった。

あれ、どうしたんだろう……？

耳がほんのりと赤くなっている気がするけど……。

『とても嬉《うれ》しいですが……聖斗様は直球でおっしゃられるので、困ります……』

何やらルナは英語をブツブツと呟《つぶや》いている。

独り言なんだろうけど、やっぱり何を呟いているのか気になってしまう。

「ルナ、どうかした……？」

「い、いえ、なんでもございませんよ？　聖斗様にそのようにおっしゃって頂けて、私は幸せです」

俺のほうを再度見たルナは頬を赤く染めており、ニコッとかわいらしい笑みを浮かべた。

もしかしなくても、照れていたのかもしれない。

やっぱり、かわいい子だよな……。

王女様——要は、お姫様なわけだけど、こうして接する彼女はそこら辺にいる一般的な女の子とそう変わりない。

何か壁を感じたり、住む世界が違うように感じたりすることもなく——親しみやすい子だ。

王女様らしくあろうとする凛《りん》とした彼女も素敵だとは思うけど、俺はこの天然で優しく、そして甘えん坊な彼女のほうが好きだった。

「これからどうなるかわからないし、王女様の婚約者ってことは、大変な日々が待ってるのかもしれないけど——俺、頑張ってみるよ」

未《いま》だ婚約者という実感はなく、どういうことを求められるのかわからないけど、ルナは頑張って俺のもとに帰ってきてくれたんだ。

今度は俺が頑張る番だろう。

……まぁ、アイラちゃん並みに戦闘技術を身に付けろ、とか言われたらついていける自信はないのだけど。

「私の都合を一方的に押し付けてしまっているのに……本当に、嬉しいです……」

ルナはそう言うと、俺の腕にスリスリと甘えるように顔を擦《こす》り付けてきた。

むしろ俺からしたら、ルナみたいな容姿性格共に半端《はんぱ》なくかわいい子が、一般人の自分を選んでくれたんだ。

嬉しくはあっても、迷惑なことなど一つもなかった。

「王女様と婚約だなんて、それこそルナが大好きなアニメや漫画みたいだね？」

常識的に考えて、現実でこんなことが起きるなど普通はありえない。

みんなに言ったところで、誰《だれ》も信じないだろう。

夢を見ているとか、二次元との区別がつかなくなったとか思われるのがオチだ。

「ふふ、それは私も思います。聖斗様が私を助けてくださったことも、アニメのようだったのですよ？」

ルナは嬉しそうに俺の言葉に同意してくれる。

彼女の言う通り、攫《さら》われそうになっている場面に出くわし、女の子を助けること自体普通はありえないことだった。

まぁ実際は攫われそうになっているわけではなく、連れ帰られそうになっていただけなんだけど……。

あれから、全《すべ》てが始まったんだよな……。

「火事場の馬鹿力《ばかぢから》ってやつなんだろうね。今振り返っても、もうあんなふうに助けることはでと思う」

ルナが言っていたけど、あの黒服二人は厳しい訓練を受けていたらしい。

そんな人たちに、スポーツもせずのほほんと生きてきた俺が勝てたことは、奇跡でしかないのだ。

二度目はないだろう。

「あの時の聖斗様は、まるでお姫様を助けに来られた、勇者様のようでした」

「さすがにそれは言いすぎだよ」

もし勇者なら、あまりにも頼りなさすぎる。

一瞬で魔王にやられそうだ。

「私には、そのように見えたのです」

俺が笑ったのが気に入らなかったようで、ルナはプクッと頬を膨らませた。

見た目や他の人がいる時の彼女からは想像がしづらいけど、やっぱり根は子供のようなところがある。

「ごめん、馬鹿《ばか》にしたわけではないんだ……」

「もちろん、わかっておりますが……」

ルナはまだ不満そうに、グリグリと顔を俺の腕に押し付けてくる。

俺はそんなルナに困る反面、かわいいとも思ってしまった。

正直癒《いや》されているまである。

「あっ、そういえば……」

ルナを見つめていると、ふと気になっていたことを思い出し、尋ねてみることにした。

「莉音は尋ねなかったけど、ルナが偽名を使っているのは王女様だということを隠すため？」

彼女が学校で名乗ったのは、ルナーラ・アルフォードという名前だった。

しかし、実際の名前は全然違い――王女ということも、明かしていない。

その理由として考えられるのが、身分を隠すためだ。

「はい、王女であることが知られてしまいますと、自由が利《き》かなくなってしまい、危険も出てきますので。私だけではなく、聖斗様にも危険が及んでしまいかねませんので、偽名を使うようにさせて頂いたのです」

やはり、俺の勘は当たっていたようだ。

というか、それくらいしか考えられないから、外しようもないのかもしれないが。

だから莉音もわざわざ聞かなかったんだろう。

「アイラちゃんも偽名なの？」

「聖斗様は、アイラのお話ばかりです。私よりも、アイラのほうがいいのですか？」

アイラちゃんのことを尋ねると、ルナは再び小さく頬を膨らませてしまった。

どうやら勘違いされてしまったようだ。

「ち、違うよ？　恋愛感情はなくても、気にはなるでしょ？　ルナといつも一緒にいる子なんだし」

決して恋愛感情でアイラちゃんが気になるわけではないので、すぐに理由を説明した。

こんな話で拗《す》ねるだなんて、あまりそういうイメージはないけどルナは嫉妬《しっと》深いのかもしれない。

「それなら、よろしいのですが……」

一応納得してくれたらしく、ルナは小さく頷《うなず》いて俺の目を見てくる。

「アイラは、本名です。名前を公表されていない子ですので、わざわざ偽名を使う必要もない、と判断されたようですね」

ルナの言い方的に、ルナとアイラちゃんで決めたわけではないようだ。

そういうのを考えて決める人たちがいるんだろう。

用心をするなら、一応アイラちゃんも名前を変えたほうがいいと思うが……。

王家などの身内でしか名前を知られていないのなら、問題はないらしい。

「お話を変えさせて頂くのですが、王女である私と一緒にいることに関する不安があるかもしれません。ですが、安全面に関してはご安心頂ければと考えております。アイラをはじめとした優秀な護衛たちが、変装をして私たちを常に守ってくださっていますので」

ルナは、俺の気持ちを理解してくれたはずなのに、アイラちゃんの話を強引《ごういん》に終わらせるように別の話をしてきた。

先程はアイラちゃんに関して自慢げに話していたのに、複雑な感情があるんだろう。

彼女の前ではあまり、アイラちゃんを褒めたり気にかけたりするようなことは言わないほうがいいのかもしれない。

それはそうと、道理でアイラちゃんがルナからあっさりと離れていたわけだ。

俺は気が付かなかったけど、帰っている最中も別の護衛がついてくれていたらしい。

「それなら安心だね」

何も不安に思っていないよ、というのが伝わるように俺は笑みを浮かべた。

その気持ちが通じたのか、ルナはその話に関して続けて何かを言うようなことはせず、再び俺の肩へと頭を乗せてくる。

そして——

「聖斗様……頭を、撫《な》でて頂けますか……？」

——話すことやアニメよりも甘えたくなったらしく、かわいらしいおねだりをしてきたのだった。

◆

「――手持ち無沙汰《ぶさた》になっちゃった……」

ルナを甘やかした後は晩御飯を一緒に食べたのだけど、片付けが終わったタイミングでアイラちゃんがルナを迎えに来てしまった。

それにより彼女は部屋に帰り、俺はお風呂《ふろ》に入ったのだけど――もうやることがなくなってしまったのだ。

今までなら一人でもアニメを見たり、ゲームをしたりして、時間を潰《つぶ》していたのだけど……ルナと一緒にアニメを見るようになってからは、一人で見るのは物足りなくなっている。

「もう寝ようかなぁ……」

――ピンッポーン♪

テレビを消し、ソファから立ち上がった時だった。

突然部屋のインターフォンが鳴ったのは。

「こんな時間に……？」

まだ夜は更《ふ》けていないけど、人が来る時間でもない。

もしかしたら――。

そう思い、俺はすぐにドアを開けた。

「あっ……聖斗様、こんばんは」

ドアを開けた先に立っていたのは、優しく微笑む金髪の美少女。

やはり、インターフォンを鳴らしたのはルナだった。

桃色を基調とした綺麗《きれい》なパジャマ――いや、ネグリジェと呼ばれる服にルナは身を包んでいるため、彼女もお風呂に入ってきたようだ。

後ろにはアイラちゃんが控えている。

「どうかしたの？　もしかして、忘れものかな？」

ルナが部屋に来た理由がわからず、俺は首を傾《かし》げて尋ねる。

それにより、ルナは照れくさそうにハニカんだ。

「その……また、ご一緒させて頂きたく……」

「えっ？　あっ、もしかして……寝る時間になるまで一緒にアニメを見たいってことかな？」

ルナはアニメ好きのため、俺の部屋に来た理由はそういうことだと思った。

しかし――。

「…………」

ルナの後ろに控えているアイラちゃんが、凄《すご》く物言いたげに目を細めてしまう。

どうやら俺は、間違えてしまったらしい。

「いえ、そういうことではなく……あっ、もちろん、アニメ視聴もご一緒させて頂きたいですが……！」

俺がアイラちゃんに気を取られている間、ルナは何かを一生懸命伝えようとしていた。

今まで積極的に甘えてきていた彼女にしては珍しい、歯切れの悪さだ。

その間にも、ルナの後ろでは――《察しろ》とでも言わんばかりに、アイラちゃんが無言で圧をかけてきている。

この子、幼くてかわいらしい顔をしているのに、結構圧が強いんだよな……。

「えっと……とりあえず、中に入らない？」

ルナが何を言いたいのか、女心に疎《うと》い俺にはわからず、時間を稼ぐことにした。

もう少し経験があれば察することもできるんだろうけど、生憎《あいにく》そんな経験は積んでいない。

莉音は――意外と、言いたいことを言ってくるので、あまりこっちが察しないといけないことが少なかった。

だからこそ、勘が大して良くない俺でも、うまく付き合っていけたんだろうけど。

そんなことを考えながら、ルナとアイラちゃんを部屋に入れると――ルナは照れくさそうにモジモジとしていて、何も言ってこなかった。

両手の人差し指を合わせながらチラチラと俺の顔を見てくる姿《すがた》はとてもかわいらしいのだけど、言いたいことがあるのなら言ってほしい。

もう何を言われたところで、驚かない気がする。

それだけ、ルナには驚かされてばかりだったのだから。

「ルナ様、お言葉になされませんと、聖斗様はわからないと存じます」

ルナが話さず、俺も察することができないという状況で痺《しび》れを切らしたんだろう。

アイラちゃんがルナを急《せ》かした。

『その……改めてお願いさせて頂くのは、恥ずかしくて……』

『何を今更。既にご経験済みではありませんか』

『あの時は、そうするしかありませんでしたし、態度に出さないようにしていただけで、内心はいっぱいいっぱいだったのですよ……⁉』

何やらヒソヒソと話し始める二人。

ルナは一生懸命何かを、アイラちゃんに訴えている。

なんの相談をしているんだろう……？

「あ、あの、聖斗様……！」

黙って見ていると、顔を真っ赤《まか》にしたルナがギュッと目を瞑《つむ》りながら名前を呼んできた。

「は、はい⁉」

当然、いきなり大声で名前を呼ばれた俺は、驚き身構えてしまう。

そんな俺に対し、ルナは――。

「これから寝る際は、私もご一緒させて頂きたいです……！　ワイシャツも、お貸しくださ
い……！」

想像ほどやばいことは言ってこなかった。

いや、前者はともかく、後者はなぜ……とツッコミたいけど。

「一緒に寝るって……さすがにまずいんじゃないのかな……？」

とりあえず、ワイシャツに関しては一度スルーし、前者の話を進める。

「大丈夫です……！」

俺の問いかけに対し、ルナは一生懸命コクコクと頷いた。

何が大丈夫なのだろう……？

婚約者とはいえ、お姫様が男と一緒に寝るのは良くないと思うんだけど……。

だからこそ俺の部屋に押しかけてくるのではなく、隣の部屋に住むようにしたんだろうし。

「一緒に暮らすのは、駄目なんだよね……？」

一応確認してみる。

「はい、駄目です」

俺の質問に間髪《かんはつ》入れずに答えてくれたのは、アイラちゃんだった。

質問したタイミングでルナはバツが悪そうに目を逸《そ》らしたので、最初からアイラちゃんにはルナが答えないとわかっていたんだろう。

「――ですが、今回のことに関しましては一緒に暮らしているわけではありませんので、ご心配はいりません。ルナ様のお部屋は、あくまで隣の部屋ですから」

「……それは、屁理屈じゃないかな……？」

アイラちゃんが言いたいことを理解した俺は、苦笑しながら頬を指で掻《か》く。

ルナがバツ悪そうにしたのは、こっちが理由だろう。

「一緒に暮らしてはならない、とは言われておりますが、一緒に寝てはならない、お泊まりをしてはならない、とは言われておりませんので」

アイラちゃんは俺の言葉を遠回しに否定してきた。

「それを屁理屈って言うんだけど……。女王様とかから怒られるんじゃないの？」

「ルナ様は、朝きちんとお部屋に戻られますし——そもそも、ルナ様が聖斗様のお部屋で寝泊まりしているなど、どうやってお知りになるのでしょうか？」

そう答えたアイラちゃんは、ニヤッと不敵な笑みを浮かべた。

普通に考えると、ルナは言わないだろう。

ルナの近況報告に関しては、側近のアイラちゃんがするのかもしれないけど、ルナに不利益《ふりえき》なことをわざわざ言うとも思えない。

だけど、彼女には部下が数人いたはずだ。

そこから漏《も》れる可能性があるというのに、こう断言したってことは——既に、手を打っているんだろうな。

脅したのか、もしくは部下もルナを慕って従順なのか——どちらも考えられるけど、この意地悪そうな笑みは前者の可能性が高いと思う。

「ルナ、無理してない？　婚約者になったからといって、そこまでする必要はないんだよ？」

問題はなさそうというのは理解したので、ルナの気持ちを聞いてみることにした。

元々は一緒に寝ていたけど、あれは状況が状況だったからだ。

自分の部屋があり、寝るところも用意されている子が、わざわざ一緒に寝る必要はない。

今回の場合、アイラちゃんに唆《そその》かされて来ている気もするし……。

そう思っていると――ルナは、恥ずかしそうに上目遣《うわめづか》いで俺の服の袖《そで》を指で摘《つま》んできた。

「私が、聖斗様と一緒に寝たいのです……よ？」

――いや、うん。

かわいすぎるって……。

◆

「――えへへ……」

部屋に入るなり俺のワイシャツに身を包むと、ルナはとても嬉しそうに笑みを浮かべた。

ご丁寧に下も脱いで、下着と白い太ももがワイシャツの隙間《すきま》からチラチラと見える。

お姫様がしていい格好じゃなかった。

「なんで、アイラちゃんは何も言わないの……？」

この子は護衛兼お世話係とのことなので、普通はルナの格好を咎《とが》める立場にあるんじゃないだろうか？

今ルナがしている格好がまずいものだというのは、さすがにわかっているはずだ。

「ルナ様があのように喜んでおられますのに、私が口を挟む道理などありませんでしょう？」

やはり、アイラちゃんはルナが望んでいることだから許しているようだ。

従者だから主《あるじ》に逆らいづらいというのもあるんだろうけど……そこまで、素直な子には見えないんだよなぁ。

「聖斗様、ベッドへ行きませんか？」

アイラちゃんに気を取られていると、ルナが頬を小さく膨らませながら、クイクイッと俺の服の袖を引っ張ってきた。

どうやら、また嫉妬しているらしい。

この子、独占欲強いよなぁ……。

まぁ、かわいいからいいんだけど。

「アニメはいいの？」

先程まではアニメも見たいと言っていたので、一応聞いてみる。

時間的にも、まだ寝るには早いだろう。

「あっ……アニメも見たいのは見たいですが、今は……」

何やら、言いづらそうにするルナ。

どうしたんだろう？

「ルナ様は、ベッドの中で聖斗様に甘えたいのですよ」

俺が疑問を浮かべていると、アイラちゃんが教えてくれた。

それも、ルナにも聞こえるように。

「わざわざ言葉にしなくてもよいのですよ⁉」

図星だったんだろう。

ルナは顔を真っ赤にしながら、アイラちゃんを注意した。

「失礼致しました」

怒られたアイラちゃんはペコッと頭を下げるけど、その後上げた顔は特に気にしていないように見える。

この子、メンタルもかなり強そうだ。

どこか不思議な――掴《つか》みどころがない感じだし、とてもいい性格をしている気がする。

ルナの傍《そば》に居続けられるわけだよな……。

俺だったら姫様の護衛を任されても、プレッシャーで耐えられない気がする。

「ですが、聖斗様には直球でお伝えするのがちょうどいいくらいかと」

やはりアイラちゃんはメンタル強者のようで、俺の顔をチラッと見てくる。

この察しが悪い鈍感男には直接言ってやらないとわからないぞ、と言われている気がした。

――いや、実際そう言っているんだろうけど。

俺もルナの気持ちをわかってあげられていなかったので、言い返すこともできない。

「恋愛とは、こういうものなのです……！」

しかし、ルナはアイラちゃんに怒ってしまう。

プンプンッという効果音が聞こえそうなくらいに、頬を膨らませていた。

ルナはルナで、やっぱり根は子供だ。

そういうところで、二人は相性がいいのかもしれない。

「聖斗様は、お休みになる準備はできておられるのでしょうか？」

照れ隠しのように怒るルナをあしらいながら、アイラちゃんは俺の顔を見上げてきた。

「元々やることがなくて寝ようと思っていたから、後は歯磨きをするだけだよ」

「ふむ……」

俺の返答を聞いたアイラちゃんは、顎《あご》に手を当てて何やら考える。

そして、悪巧みが浮かんだのだろう。

口角が一瞬ニヤッと吊り上がったのを、俺は見逃さなかった。

「それではルナ様、我々は先に寝室に向かいましょう」

いったい何を思い浮かべたのかは知らないけど、アイラちゃんは頭を下げながら手でドアのほうを指す。

それによってルナは照れくさそうに髪の毛の先を指で弄《いじ》りながら、俺の顔を見てきた。

「お部屋で、お待ちしておりますね……？」

かわいらしく笑みを浮かべたルナは、そう言うとほんのりと赤く染まった顔のまま、そそくさとリビングを出ていった。

アイラちゃんもその後に続き、リビングには俺だけが残されてしまう。

聞くタイミングがなかったけど、あの感じだとアイラちゃんも一緒に寝るのだろうか？

俺のベッドは二人までならいけるけど、いくら小柄《こがら》のアイラちゃんでも三人は入らない。

てか、お姫様と従者が一緒に寝ることってないだろうし……本当に、何を考えているんだ？

俺はそう警戒をしながら、歯磨きをしに洗面台へと向かった。

――歯磨きをしていると、ガチャッと鍵《かぎ》が開くような音がした。

ルナとアイラちゃんのどちらかが出ていったのかもしれない。

何か忘れものでもしたのだろうか？

そんな呑気《のんき》なことを考えながら歯磨きをしていると、すぐにまた鍵の音が聞こえてきた。

出た人が戻ってきただけだろうから、俺はそのことを特に気にせず寝室へと向かう。

「――入ってもいいかな？」

ドアを三回ノックすると、俺は部屋の中に声をかける。

自分の部屋ではあるのだけど、一応入る前の確認は必要だろう。

ラブコメだとこういう時、まさか着替えているとは思わないような展開で、ヒロインが着替えているところに出くわしてしまうのが鉄板なのだから。

まぁルナなら照れながらも許してくれそうだけど、傍にはアイラちゃんがいるので気を付けるに越したことはない。

「は、はい、どうぞ……！」

中からは、何やらルナの上《うわ》ずった声が聞こえてきた。

あれ、緊張しているのかな……？

今まで一緒に寝ていたのに？

そんな疑問を抱きながら、ドアを開けると——

「お、お待ちしておりました……にゃぁ？」

——部屋の電気を消して、窓から差し込む月明かりに照らされているルナが、ベッドの上で女の子座りをしていた。

手は猫のように丸くしており、かわいらしく小首を傾げている。

その頭には——なぜか、猫耳が生《は》えていた。

うん、なんで……？

「ル、ルナ……？」

予想外すぎる光景に、俺は戸惑いを隠せずルナを見つめてしまう。

するとルナは顔を真っ赤にしたまま、部屋の隅に立っていたアイラちゃんに視線を向ける。

『ほ、ほら、やっぱり戸惑っていらっしゃるではありませんか……！　絶対おかしいと思ったのです……！』

そして、何やら英語でまくし立てた。

『おかしいですね？　私のリサーチでは、日本の男性は九割以上が猫耳大好きで、女性に猫の物真似をして頂きたいとお考えになっておられるはずですが』

それに対し、アイラちゃんは冷静な様子で首を傾げる。

何を言っているのかはわからないけど、雰囲気からこの子が元凶だってことはわかった。

ありがとう、アイラちゃん。

『いったいどこから仕入れた情報なのですか……⁉』

『ルナ様が大好きな漫画やアニメでも、時々ある展開ではございませんか。ヒロインが猫のコスプレをしていますと、主人公は内心興奮していらっしゃったでしょう？　聖斗様もきっと、お顔に出さないようにしておられるだけで、内心では歓喜しておられるはずです』

『歓喜している御方は、戸惑ったりなど致しません……！』

アイラちゃんはルナを煽《あお》っているのか、ルナが段々とヒートアップしている。

まぁガチギレという感じではなく、恥ずかしくて怒っているという感じなので、心配はいらないだろう。

あまりにも予想外すぎたから戸惑ってしまったけど、アイラちゃんのおかげでいいものが見れてしまった。

可哀想《かわいそう》だし、助け船を出してあげたほうがいいかな。

「ルナ、猫が好きなの？」

俺はベッドに座ったままのルナに近付くと、笑顔で尋ねてみた。

「えっ……は、はい、そうですが……」

「そうなんだね、とても似合っててかわいいよ」

ルナは絶世の美女なので、どんな格好でも似合うだろう。

猫耳に彼シャツというのは、ちょっとマニアックでエッ――煽情《せんじょう》的だけど、かわいらしさが突き抜けている。

思わず頭を撫でたくなるほどだけど――さすがに、求められていないのに自分からする度胸はなかった。

『――っ⁉　か、かわいいだなんて、そんな……！』

褒めたことで、ルナは両手を頬に添えながら悶《もだ》えてしまう。

英語で何か言ってきたのは、動揺しているからだろう。

こんなこと言われ慣れているだろうに、本当にかわいくて仕方がない子だ。

俺も婚約者という立場があるから恐れずに思ったことを伝えられるのだけど——嬉しそうにしながらも恥ずかしさに悶えるルナが見られるのなら、これからも頑張って伝えていきたい。

『ふむ……ただの草食系というわけでもないようですね。これは加点です』

何やら俺を見つめていたアイラちゃんが、満足そうにウンウンと頷いている。

あの子、思ったよりも感情が顔に出るな？

普段は意識して、感情を見せないようにしているのだろうか？

『むぅ……また、アイラを見ています……！』

アイラちゃんに気を取られていると、落ち着いたらしきルナが今度は頬を膨らませて何かを言ってきた。

「ルナ……？」

彼女はベッドから降りて、俺の腕に抱き着いてくる。

ルナの意図がわからず、俺は彼女の顔を見つめてしまう。

すると——。

「ご、ご主人様、ルナをかわいがってください……にゃぁ……？」

「——っ⁉」

今度は俺が不意を突かれ、顔が一瞬にして熱くなった。

これも、アイラちゃんの入れ知恵か……？

「さすがにご主人様は恥ずかしいよ……」

猫語は、かわいいのでちょっとこのままにしておきたい。

「お気に召しませんか……?」

俺が嫌がったと思ったんだろう。

ルナは不安そうに上目遣いで、俺の顔色を窺《うかが》ってきた。

「ほら、俺はルナのご主人様じゃないから……」

猫の物真似をするルナはとてもかわいらしいのだけど、そのプレイに巻き込まれると途端に恥ずかしくなってしまう。

できれば、眺めるだけで許してほしかった。

「ですが、今の私は猫ちゃんなので……。にゃぁ……」

しかし、ルナは譲ってくれないらしい。

俺が入った時はあんなにも恥ずかしそうにしていたのに、今はノリノリじゃないか……。

「ご、ご主人様って呼ばなくても、ちゃんとかわいがるから……」

どうにかしてご主人様呼びから逃れたかった俺は、ルナが何を求めているのかを考えて、折衷《せっちゅう》案を提案してみた。

それにより、ルナは嬉しそうに俺の腕に頬を擦り付けてくる。

「かわいがって頂けるのであれば、私はなんでもかまいません……」

やはり、俺にかわいがってもらいたくてご主人様呼びをしていたようだ。

いや、うん……凄くかわいいのだけど、なんでだろう？

やっぱり滅茶苦茶《めちゃくちゃ》恥ずかしいんだけど……。

「と、とりあえず、ベッドに入ろっか……？」

俺は甘えてくるルナに翻弄されながら、彼女を連れてベッドの中に入る。

――なお床には、いつの間にか布団《ふとん》が敷かれていた。

多分アイラちゃんが持ち込んだのだろう。

「………」

ベッドの中に入ると、ルナは期待したように熱っぽい瞳《ひとみ》でジッと俺の顔を見つめてくる。

甘やかされるのを待っているようだ。

「アイラちゃんは、いつも一緒に寝ているの？」

本当はすぐにでも甘やかしてあげたほうがいいのだろうけど、俺は床に布団を敷いて寝ているアイラちゃんが気になってしまい、ルナに尋ねてしまった。

だけど、これは仕方がないはずだ。

人目があると気になってしまい、いちゃつくなんて無理なんだから。

『また、アイラのことを……』

しかし、俺の意図は勘違いされたようで、ルナはプクッと頬を膨らませてしまう。

俺がアイラちゃんを気にするのは、状況や態度で彼女が気になることをしているからなのだけど、ルナはどうしても恋愛関係に持っていってしまうみたいだ。

嫉妬深くて独占欲が強いみたいだし、あまり勘違いさせるような発言はしないほうがいいんだろうけど……俺がアイラちゃんの行動に慣れるまでは、ちょっと難しい。

「恋愛的な意味はないから、安心してね。本当に、行動とかが気になるだけだから」

俺は照れくさい気持ちを我慢しながら、ソッとルナの頭を撫でる。

それによりルナは一瞬身を固くしたけれど、すぐに体から力は抜けたので、撫でられることに集中し始めたようだ。

目を細めて気持ちよさそうにしている姿は、本当に猫みたいに見える。

ちなみに、既にルナは猫耳カチューシャを外していた。

さすがにあれをしたままでは寝られなかったらしい。

「私はルナ様の護衛ですから。万が一に備えて、昔から御傍で寝させて頂いているのです」

ルナが撫でられることに集中したからだろう。

俺たちのことは見えていないはずなのに、ベッド下からアイラちゃんが説明をしてくれた。

「護衛ってそこまでするものなの？」

俺はルナが嫉妬しないように頭を撫で続けながら、アイラちゃんに尋ねてみる。

「主《あるじ》によるかと存じます。寝る際は一番無防備になる瞬間ですので、護衛ですら一緒のお部屋にいてほしくない御方や、逆に護衛がいないと不安で眠れないという御方もいらっしゃいますので」

一概には言えない、というわけか。

ルナは別に護衛がいなくても普通に寝そうだけど。

なんせ、一人で抜け出してくるような子なんだし。

「アルカディアって治安もいい国だよね？」

「日本ほどではありませんが、馬鹿なことをやらかすような輩《やから》はそうそういないかと」

馬鹿なこと、というのは犯罪に関してだろう。

銃などの携帯は許されているようだし、銃刀法がある日本よりは少々物騒ということか。

まぁ科学力が凄いらしいので、セキュリティやら取り締まりやらは凄そうだけど。

「王族は、やっぱり危険だったりするのかな？」

わざわざルナの傍で寝ていたと言うので、俺は尋ねてみた。

少し無神経な質問かもしれないが、ルナに危険が及ぶ可能性があるのなら気を付けておきたい。

そう思ったのだけど――アイラちゃんは、鼻で笑ってしまった。

「ふっ、そのような命知らずこそ、ほぼいないでしょう。人生を棒に振るようなものですし、下手をしなくても全世界を敵に回すようなものですから」

彼女の言う通り、アルカディアの王族に手を出すのはとても恐ろしいことだ。

ただでさえ王族に手を出すなど命がいくつあっても足りないのに、アルカディアはその高い技術力によって、世界中に影響力を持つ。

アルカディアの王族が一声かければ、ほとんどの国が協力するだろう。

国政もとてもいいらしいし、国民で不満を持つような人もそうはいないだろうから、いらぬ心配だったようだ。

「改めて、俺ってとんでもない立場にあるよね……」

そんな強い影響力を持つ王族の、婚約者になってしまったんだから。

なんの力も持たない一般人だし、俺のことをよく思っていない王家の人たちは多いだろう。

女王なんて、その筆頭だ。

王家に手を出せなくても、俺なら攫えると考えたやばい連中が、俺を攫って何か要求をした時――王家としては、厄介払いができたと考えてむしろ喜びそうな気がする。

そうなったら、俺の命なんてないだろう。

「我々が命に代えてでもお守り致しますので、ご安心を」

俺が何を懸念したのかすぐに理解したのだろう。

アイラちゃんが淡々とした様子で言ってきた。

命に代えても、か……。

自分より年下の子に言われて、いい気はしないな……。

「命は、大切にしないといけないよ？」

余計なお世話だ、とわかっていながらもつい言ってしまう。

どんな命だろうと、粗末にしていいものはないはずだから。

「そのための訓練は積んでいますので、ご安心を」

ルナや俺を守りながら、自分の命も守れるくらい私は強いんだ。

アイラちゃんはそう言っているんだろう。

人間離れした強さは見ているし、それはそうなのかもしれないけど。

「まぁ、日本にいる間は安全だと思うしね」

俺がそう答えると、クイクイッと服を引っ張られた。

見れば、ルナが不満そうにジッと俺の顔を見つめている。

どうやら、ナデナデ効果は切れたようだ。

「いろいろと教えてもらっているだけで、やましい気持ちは――」

ルナが嫉妬しないように、俺はすぐに説明しようとした。

しかし――。

「私も、かまってください……」

寂《さび》しそうに服を引っ張ってきたかわいい彼女に、一瞬でやられてしまった。

「――えへへ……」

ベッドの中で体を抱き寄せて優しく頭や頬を撫でると、ルナは子供のようにかわいらしい笑みを浮かべた。

とても幸せそうで、見ていて心が和んでくる。

アイラちゃんは何も言ってこないので、卑猥《ひわい》なことをしなければ許されるんだろう。

「ルナは撫でられるのが好きなの？」

誰が見ても今のルナは、撫でられることを喜んでいるように見える。

猫が撫でられる際、目を瞑りながら頭を押し付けてきたりするが、ルナも自分から頭を押し付けてきたり、頬を擦り付けてきたりしていた。

だから、聞いてみたのだけど――。

「……聖斗様だから、ですよ……？　誰でもいいわけではございません……」

ルナは恥ずかしそうに、俺の胸に顔を押し付けてきた。

どう捉《とら》えられたのかはよくわからないけど、こんなことを言われて嬉しくないはずがない。

やっぱりこの子は、甘え上手だと思う。

まぁルナからすると、素で甘えてきているだけなんだろうけど。

「これからも、撫でていいのかな……？」

ルナがあまりにもかわいすぎて、頭を撫でたくなる時がある。

その時は我慢しているし、彼女から求めてくれない限り自分からは撫でづらかったのだけど――ルナが撫でられるのが好きなら、事前にオーケーをもらえれば問題ない気がした。

「いいも何も……私は、とても嬉しいですよ……?」

俺の質問に対してルナは、顔を俺の胸から離して期待したような熱っぽい瞳を向けてきた。

言葉にしている通り、撫でられたほうが嬉しいんだろう。

それなら、これからは人目がない限り遠慮しなくて良さそうだ。

「そっか、安心したよ」

「聖斗様はお優しいので、私にお気遣いをしてくださっているのでしょうけど……私は、聖斗様にしていただけることでしたら、なんだって嬉しいのです……」

ルナはそう言うと、甘えるようにまたスリスリと顔を俺の胸に擦り付けてきた。

さすがに言葉にしている通りではなく、嫌がることをすれば当然嫌がるはずだ。

言っていることは要するに、遠慮せず甘やかしにこいってことだろう。

俺もルナを甘やかすのは好きなので、嬉しい限りだった。

「そんなこと言って、俺がとんでもないことをしたらルナはどうするの?」

「かまいません、既に婚約者なのですから。責任を取って頂ければ、十分なのです」

それはつまり、責任を取らなかったら許さないぞ、ということのようだ。

まぁ結婚するまでは性行為をするつもりはないようだし、彼女は多分キスレベルのことを言っているんだろうけど。

純粋そうなので、それより先の知識はあまりなさそうだ。

――いや、アイラちゃんあたりが吹き込んでいるのか……？

この子のいたずらというか、ルナにいろいろとさせているところを見るに、教えていてもおかしくないと思った。

実際、王家の教育ってどうなんだろう？

どこまで教えているのか……それは、気になってしまう。

なんせ、今後は俺にも大きく関係するのだから。

「…………」

そんなことを考えていると、突然背中側から視線を感じてしまう。

多分、アイラちゃんが上半身を起こして、ジッと俺のことを見つめているんだろう。

「大丈夫、強引にするなんてありえないから……」

「……？」

俺が言った意味がわからなかったようで、ルナがキョトンとした表情をする。

だけど、この言葉を投げかけた相手にはちゃんと意味が通じたようで、背中に感じていた視線はなくなった。

そして布が擦《こす》れるような音がベッド下から聞こえてきたため、また寝直したようだ。

……とりあえず、誤解を招くことは絶対に避けたほうが良さそうだ。

もし誤解を招けば――現在俺の背中側で息を潜めている小さな女の子によって、この世から消されることになるかもしれない。

「えっと……もし、何か思うところがあったら遠慮なく言ってね？　俺は察しが良くないから言ってもらったほうが助かるんだ」

俺は誤魔化《ごまか》すように、ルナに笑顔を向けた。

「それは……難しいです……」

「えっ？」

彼女から返ってきた答えはとても意外なもので、俺は思わずルナを見つめてしまう。

ルナは顔を上げて俺のほうを見たのだけど、頬をほんのりと赤く染めながら目を逸らし、ゆっくりと口を開く。

「甘やかしてください、とお伝えするのは……中々に、恥ずかしいのですよ……？」

そう教えてくれると、ルナはまた俺の胸に顔を押し付けてきた。

今度は甘えるようにではなく、照れ隠しをするかのようにグリグリと顔を押し付けてくる。

だからなんなんだ、このかわいい生きものは。

「そ、そっか、ごめんね」

ルナが恥ずかしそうに悶えているので、俺は謝りながら頭を撫でる。

だけど、少し弁明をさせてほしい。

俺が伝えたかったのは、嫌なことがあったら遠慮なく言ってほしいってことだったんだけど……ルナは、甘やかされることしか頭にないようだ。

どこまでもかわいくて、俺のツボにはまってしまう。

ただでさえ見た目は絶世の美女並みに美しくてかわいいのに、中身までかわいすぎるなんて反則だ。

「言葉にするのはお恥ずかしいですが……そのような気持ちになった場合は、こうさせて頂きます……」

俺が謝ったからか、ルナは続けて代案を出してきた。

それは――今現在している、顔を俺に擦り付けてくる行為を指しているんだろう。

言葉にするのは恥ずかしいから、行動で示す。

後は察してくれ、とのことだ。

これのほうが、恥ずかしい気もするんだけど……。

「うん、わかったよ」

こうやって甘えてきていること自体がとてもかわいいので、俺には受け入れる以外の選択肢なんてなかった。

とはいえ、人前でこんなふうにされてしまうと困るのだけど。

その後は、ルナは俺の胸に顔を擦り付けてきたり、自分から手を繋《つな》いできてニギニギと握って遊んだりなど、好き放題甘えてきていた。

俺はただ彼女がすることを受け入れるだけで、その合間に頭を撫でたり頬を撫でたりしていただけだ。

それでも――凄く楽しくて、心地いい幸せな時間だった。

「――すぅ……すぅ……」

やがて甘え疲れたルナは、俺にくっついたままかわいらしい寝息を立てだした。

アルカディアから来て間《ま》もないし、転校や莉音の相手で疲れてもいたはずだ。

このままゆっくりと静かに寝させてあげたい。

そう思った俺は、ルナの眠りが深くなるのを待ち――二時間ほどして、ベッドから出た。

そしてそのまま、音を立てないように気を付けてベランダへと向かう。

ベランダに出ると、街灯以外の明かりはついておらず、辺りはシーンと静まり返っていた。

物寂《ものさび》しさを覚えるような雰囲気だけど、俺は嫌いではない。

空を見上げると、満天の綺麗な星と満月が輝いている。

都会だと家やらお店やらに電気がついていたり、田舎ほど空が澄んでいなかったりするなどの話を聞くので、こんなにも綺麗な夜空を見られるのは田舎の特権なのかもしれない。

そんな中俺は、誰に話しかけるわけでもなく独り言を呟いてしまう。

「お姫様の、婚約者……か」

本当にこれでよかったのかな、という気持ちが湧《わ》いてくる。

ルナはとてもかわいくていい子だし、あの子の笑顔を見ることも、あの子に甘えられることも凄く好きだ。

何より、彼女と一緒にいる時間はとても幸せに思う。

――だからこそ、自分の不釣り合いさが気になった。

立場や身分、見た目や人柄に関して、俺は全然ルナと釣り合っていない。

王族として裕福な暮らしをしてきた彼女が満足して幸せな日々を暮らせるような環境を、俺なんかに作れるのだろうか……？

そんな不安に、呑まれそうになる。

「――眠れませんか？」

「――っ⁉」

不意に声をかけられ、俺は慌てて後ろを振り返る。

そこには、無表情でジッと俺の顔を見上げてきている、アイラちゃんが立っていた。

「ごめん、起こしちゃったかな？」

「ご心配はいりません。まだ眠りについていなかっただけですので」

俺が寝ていないから、ルナに変なことをしないか警戒していたのだろうか？

子供なんだし、ちゃんと寝てほしいところだけど……。

「一応お伝えしますが、私はルナ様とは二つ、聖斗様とは三つしか年齢が変わりません。あまり、子供扱いをしないようにお願い致します」

俺は顔に出してしまったのか、アイラちゃんは不満そうに目を細めた。

三つということは……俺が今十六だから、十三歳ってことか。

十分子供のような気がする。

言葉にすると怒りそうだから、言わないけど。

「ルナも、年下だったんだね」

「お誕生日をお迎えになられておられないだけですので、ご心配なきよう」

なるほど、学年は偽っていないということか。

俺は既に誕生日を迎えているから、年齢差が生まれているだけのようだ。

「そっか、安心したよ」

恋愛的な意味ではなく、倫理的な意味で。

俺と同じ学校に通いたいという理由で、年齢詐称をされていると後ろめたくなるからね。

まぁそれを言うと、アイラちゃんは年齢詐称をしていることが確定してしまったのだけど、この子の場合はルナを守るためだから仕方がない。

――と、割り切るしかなかった。

「何かご心配ごとがございますか？」

もう年齢についての話は終わったと思ったんだろう。

ベランダに出て夜空を見上げていた理由を、アイラちゃんは尋ねてきた。

「…………」

普通なら、誤魔化したほうがいいのかもしれないけど――。

「やっぱり、どうしても考えちゃうんだ。俺なんかが、ルナの婚約者でよかったのかなって」

きっとこの子には見透かされてしまう。

そう思った俺は、いっそ正直に話して、彼女に話を聞いてもらうことにした。

「ルナ様と比較をされてしまった場合、おそらく対等な男性などこの世に存在は致しません」

やはりアイラちゃんは、ルナが大好きなのだろう。

そうでなければ、主とはいえ普通こんなことを言いはしない。

「それでも、マシな男の人はいるでしょ？　ほら、元婚約者の貴族の人とか」

話に聞く限り、地位、見た目、人柄などでルナに大きく劣ることはないようだ。

少なくとも、俺よりは圧倒的に上な男性だろう。

「もう既にお伝えしたことですが、ルナ様は聖斗様をお選びになりました。それが全てです」

ルナが選んだ以上、ごちゃごちゃ言うな。

単純な比較の問題じゃないんだ、とアイラちゃんは言いたいんだろう。

「ルナは俺のどこがよかったんだろうね？」

純粋な疑問と、その根拠がほしかった。

ルナは莉音に対して熱弁をしてくれたけど、本当にそれが全てなのだろうか？

「……ルナ様は、とても賢くてお優しい御方ですが、お人好《ひとよ》しではございません。幼い頃からいろいろな大人を見て育ったことにより――人を見る目には、長《た》けておられる御方です。そのルナ様に選ばれたのですから、もっと自信を持ってください」

アイラちゃんはそう言うと、俺の左胸に自身の右手を添えてきた。

言葉にしている通り、ちゃんと自信を持てということなのだろう。

確かに、王族ならいろんな大人を見る機会がありそうだ。

きっと、下心やら野心を秘める大人たちを沢山見てきたのだろう。

純粋で天然なお姫様みたいだから、悪い人間など知らないと思っていたけど――むしろ、逆だったようだ。

それにしても――こうして二人きりで話すと、アイラちゃんの印象がだいぶ変わる。

相変わらず無表情で淡々と話しているけれど、言葉には優しさが込められているような気がした。

やっぱり根は優しい子なのかもしれない。

タイプは少し違うけど、莉音みたいな子だ。

「自信、か……。人柄はルナに保証されてるのかもしれないけど、お姫様を不自由なく養うのは難しいと思うよ……？」

おそらく、生活費などはルナが苦労しないように王家から出してもらえるだろう。

だけど、結婚してまで王家に頼らなければいけないようであれば、男として駄目だ。

好きな女の子くらい、自分で養いたい。

「それも、ご心配はいりません。ルナ様は、王家やアルカディアのような暮らしを求めておられませんので」

「えっ、そうなの……？」

いい暮らしをしている人はそれが基準になっているから、てっきりルナもそういった暮らしを求めていると思っていたけど……。

「一度でも、今の暮らしにルナ様が不満の言葉をおっしゃられましたか？」

「それは……」

言っていない。

むしろ、とても幸せそうにしてくれている。

でも、それは……ルナが、凄く優しい子だから……俺に気を遣っているだけだと思う。

「ルナ様は昔から王女である生活ではなく、一般家庭のお嫁さんになることを夢見ておられました。今の生活はルナ様にとって、夢のような生活なのです。ですから、わざわざ王族のような暮らしを求めたりなど致しません」

アイラちゃんの言葉を聞いて思い出した。

ルナは何度か、《憧《あこが》れていた》という言葉を漏らしていた。

そっか……最初から、深く考えることはなかったんだ……。

「ルナ様の幼き頃からの夢は叶《かな》えられ、今もとても幸せそうに暮らされておられる。ルナ様にとっては、聖斗様がお隣にいてくださるだけで十分なのです。余計なことをお考えになられるのは、もうおやめください。逆に、ルナ様を不幸にしかねませんので」

そう言ってくれたアイラちゃんは、ニコッとかわいらしくて優しい笑みを浮かべた。

間違いなくこの子も、根は優しいようだ。

「余計なこと、か……確かにそうかもしれないね」

俺が考えていたことは、ルナに釣り合っていないということだった。

じゃあ、どうするのか――と考えた時に、多分自分をルナと釣り合うように磨く、という考えには至らなかっただろう。

頑張れば届くというのならもちろん磨くけど、頑張ったところでルナのところには到底届かない。

そうなれば身を引くしかなく――今のルナを見る限り、それは彼女を悲しませることになるはずだ。

「ありがとうね、アイラちゃん」

俺が馬鹿な答えを出さないように止めてくれたアイラちゃんに対し、俺はお礼を伝える。

「いえ、私はごく当たり前のことしかお伝えしておりませんので」

そんな俺の言葉に対し、アイラちゃんはまた無表情に戻って素っ気ない態度を見せた。

まるで、あまり他人に感情を見せたくないみたいだ。

幼いのにルナのお世話係兼護衛をしているくらいだから、何か訳アリなんだろうけど……。

「それはそうと、俺はルナの婚約者としてどうしていればいいのかな？」

王族の婚約者ならいろんなしがらみやら、しきたりがありそうだ。

漫画やアニメの世界だと、特別な特訓を受けさせられたりしそうだけど……。

「今のところは特に何も。王家も、ルナ様と聖斗様の今後に関しましては、頭を悩ませておられますので」

「そうなの？」

「はい。本来であれば、聖斗様もお連れしてルナ様はアルカディアに――となるはずですが、ルナ様も、他の王女の皆様も、それを望んでおりませんので」

強制的にアルカディアに連れていかれるわけじゃない――というのは安心だけど、少し意外だった。

高校卒業後すぐに、アルカディアに連れていかれるんじゃないかと思っていたから。

「ルナは、アルカディアのことが嫌だったりするのかな？」

故郷なのに、帰りたくないというのが引っかかった。

元々、普通の生活に憧れていたようだし――嫌なことがあるんじゃないかと。

「いえ、ルナ様は祖国のことを愛しておられます」

しかし、俺の勘は外れたようだ。

「じゃあ、どうして……？」

「聖斗様のことを一番にお考えになられていること、王家のいざこざやしきたりなどになるべく聖斗様を巻き込みたくないこと、アルカディアに戻ってしまうと王家の暮らしに戻ってしまい、今のような生活を送れなくなってしまうこと、などが理由かと」

話を聞く限り、俺のことを優先してルナは帰りたくないと考えているようだ。

そこに俺と離れる選択肢はないということにホッとしつつ、優しい彼女に気遣わせてしまっていることが気になりもする。

だけど――正直、王家のいざこざなどに巻き込まれないのは、有難《ありがた》かった。

俺が王家に入れてもらえたとしても、うまくいく未来が見えないから。

王族や貴族に必要な教養とか、全くないし。

なんなら、英語がほとんど話せないしね……。

「他の王女は、ルナの気持ちを優先して合わせてくれている感じかな？」

ルナが戻りたがらない理由はわかったけど、他の王女たちがルナの帰りを望まないとは思えない。

「第一王女と、第八王女はそうでしょうね」

しかし、どうもそうではないらしい。

言い方的に、第二から第六王女は別の理由があるようだ。

「他の王女たちは、何を考えているの？」

「お伝えしました通り、王位継承権第二位は、ルナ様でございます。それはつまり、第一王女に万が一のことがあった場合――ルナ様が、女王を継ぐということになります。当然、ルナ様の姉君《あねぎみ》たちにとっては、面白《おもしろ》い話ではございません」

まぁ普通なら、生まれた順に継承権は付けられる気がする。

それなのに第七王女のルナが第二位になってしまえば、確かに第一王女を除いた姉たちは思うところがあるだろうな。

「ルナは、その人たちから嫌われているということ？」

「そう単純な話でもないのです。ルナ様は誰からでも愛される性格をしておりますので、他の皆様もルナ様を嫌ってはおられないでしょう。しかし、心の底では邪魔な存在と思っておられる。王女といえど、嫉妬や劣等感は抱かれますので」

う～ん……。

理想の国と謳われるアルカディアのお姫様たちで、しかもルナのお姉さんたちだから、ルナと同じような性格の人たちを想像していたけど……そうでもないらしい。

あの子は人を見る目があるということだし、汚い大人たちを幼い頃から見ていたのなら、腹に一物抱える姉たちのことも理解しているだろう。

自分が日本に行くと言った時に姉たちが賛同してくれたことを、あの子はどう思ったのだろうか。

少し、心配になった。

「もしかして、嫌がらせとか妨害をしてきたりする……？」

「その心配もご無用かと。ルナ様が目の上のたんこぶでなくなった以上、ルナ様に嫌な感情を抱かれることはありませんし、何より今余計なことをして万が一にでもルナ様がアルカディアにお帰りになることになれば、お困りになるのは王女の皆様ですから」

なるほどね……。

となると、そちらも心配しなくて大丈夫そうか。

ルナが日本にいれば、彼女も安全なわけだし。

「ですが――第八王女だけは、わかりません」

ホッとしたのも束の間《つかま》。

アイラちゃんが、不穏《ふおん》なことを言ってきた。

「第八王女って……ルナの妹だよね……？　あれ……？　彼女は、ルナの気持ちを優先してくれた子で……」

「ええ、第八王女は、ルナ様のことが大好きな御方なので。当然、ルナ様の気持ちを優先されるわけですが——大好きだからこそ、時には厄介なことにもなりかねないのです」

「……？」

アイラちゃんの言っている意味がわからず、俺は首を傾げる。

大好きなのに、嫌がらせをしてくるとは思えないけど……。

「その上、第八王女は私と同じ年齢なのにもかかわらず、少々性格が幼くございます。時にはバ——目を覆《おお》いたくなるようなことを、なさってしまう御方なので」

えっ、今馬鹿って言いかけた？

絶対言いかけたよね？

そう思うものの、アイラちゃんの表情が《ツッコミは許さない》と物語っている気がした。

だから俺は余計なことを言わないよう、口を噤《つぐ》む。

「何か対策とかしておいたほうがいい……？」

よくわからないけど、厄介なことをしてくるなら準備はしておきたい。

そう思ったのだけど——。

「いえ、あまりお気になさらなくて大丈夫でしょう。ルナ様が味方をなされている以上、第八王女がお相手になることはございませんので」

淡々と告げるアイラちゃんだけど、多分第八王女のことがあまり好きじゃないんだろう。

今の言い方的にも、敵対することはない、というニュアンスではなく、敵ではない――格が違う、みたいなニュアンスに聞こえた。

「まぁ、それならいいけど……」

「聖斗様はそのようなご心配をなさるよりも、ルナ様のことをお考えください」

アイラちゃんは、第八王女のことは置いといて、ルナのことを考えるよう促《うなが》してきた。

確かに、ルナのほうが遥かに大切だ。

「どうしたら、ルナは喜んでくれたり、ルナのためになるのかな？」

特に深い考えはなく、なんとなく思ったことを聞いてみた。

しかし――それが良くなかったようで、アイラちゃんは呆《あき》れたように溜息《ためいき》を吐《つ》く。

「それは明白でしょう。ルナ様のことを、沢山甘やかしてあげてください」

何を今更――と言いたげな目で、アイラちゃんは答えてくれた。

まぁ間違いなく、甘やかしてあげたらあの子は喜んでくれるだろうな……。

愚問だったか……。

そんなことを考えていると、アイラちゃんは言葉を続けるように口を開く。

「ルナ様は皆《みな》の前では凛々《りり》しくて優雅に振る舞っておられますが、それは王族としてそうあるように求められているからです。本当のルナ様はとても甘えん坊なのですが――そのことを知っておられるのは、第一王女と私くらいでした。そんな中、聖斗様には素をお見せになられているのは……本当のルナ様を、聖斗様に愛して頂きたいからです。ですから聖斗様は、今のルナ様と向き合って頂き、沢山甘やかして頂ければ十分でございます。そして、日本で沢山遊びに連れて行ってあげてください。ルナ様は、遊園地などに行ったことがございませんので」

そう教えてくれたアイラちゃんは、また優しい笑みを浮かべているのだった。

本当に、ルナのことが大好きなのだろう。

そして俺も彼女が喜ぶ姿が見たいので、今度の休みにはルナを遊園地に連れて行くことを心に決めたのだった。

◆

「――んっ……」

朝日が昇り、カーテンの隙間から日差しが部屋に入ってくるようになった時間帯。

ルナがゆっくりと目を開けた。

寝ぼけているんだろう。

眠たげな眼《まなこ》でゆっくりと瞬《まばた》きをしている。

幼い子供のような表情に、朝から幸せな気分になった。

俺は声をかけて目を覚まさせるような余計なことはせず、ルナの意識がはっきりするのをジッと待つ。

「んんぅ……」

そうしていると、寝ぼけているルナが俺の胸にくっつくようにすり寄ってきた。

そしてスリスリと甘えるように顔を擦《こす》り付けてくる。

寝ぼけているように見えて、実は起きているのだろうか？

そう思って見つめてみるも、目は再度閉じてしまっており、雰囲気からも意識がはっきりしているような感じはない。

多分、寝ぼけたまま素で甘えてきているんだろう。

俺を認識しているかは怪しいけど、あまりにもかわいいのでソッと抱きしめて、優しく頭を撫でてあげる。

「えへへ……」

撫でられるのが好きなルナは、かわいらしい笑みをこぼしながら俺の体に腕を回してきた。

優しく力を入れ、俺と同じように抱きしめ返してくる。

スリスリと擦り付けてきていた顔は、今度は俺の胸に押し付けられていた。

やっぱり、起きているのだろうか？

――甘えん坊のルナに気を取られていると、ふと視線を感じた。

それによって視線を感じるほうを見てみると、興味深げにアイラちゃんが俺とルナを見下ろしていた。

いや、視線から察するに、どうやら甘えているルナを見ているようだ。

「おはよう、アイラちゃん。よく眠れた？」

目が合ったので、一応挨拶《あいさつ》をしてみる。

すると、アイラちゃんは小首を傾げてしまった。

「私は必要なだけ睡眠を取りましたが、聖斗様は眠れなかったようですね？」

俺の質問に対して誤魔化すように答えながら、アイラちゃんは俺が寝不足なことを見抜いてきた。

「ちゃんと眠ったよ」

「それが嘘《うそ》だということくらいは、私にはわかります」

心配をかけないように答えたのだけど、やはり簡単に見抜かれてしまったようだ。

アイラちゃんの言う通り、俺はベランダでアイラちゃんと話した後ルナと同じベッドに入ったものの、かわいくて煽情的な彼女の姿に刺激されて眠ることができなかったのだ。

彼シャツ姿のルナと一緒に寝るのは一度や二度じゃないのに、彼女が俺を好いてくれているのがはっきりとしたことで、今まで以上に彼女のことを意識してしまっていた。

「まだ起きるには時間がありますし、私が起こしますので寝坊の心配もございません。仮眠をお取りになられてはどうでしょうか？」

俺の体調を心配してくれているのか、アイラちゃんのほうから仮眠を提案してくれた。

俺はチラッとルナに視線を向けてみる。

腕の中にいるルナは動きを止めており、またスヤスヤと寝息が聞こえてきていた。

軽く甘えて満足し、また寝始めたんだろう。

前に一緒に寝ていた時もルナはなかなか起きれないタイプだったので、朝は弱いようだ。

ルナもまた寝始めているのだし、俺も寝たらいいとは思うものの――正直、寝られる気がしない。

「中途半端《ちゅうとはんぱ》に睡眠を取るほうがしんどそうだから、遠慮しておくよ」

「授業中に寝たりしませんか？」

「まぁ、それは……多分、今から仮眠しても結果は同じだから」

寝ないとは言いきれない。

もちろん起きておくように頑張りはするものの、ただでさえ授業は学生にとって睡魔との戦いなのだ。

この寝不足の状態で寝ないと明言することはできなかった。

「自己管理ができなかったり、だらしなく見えたりすれば、王家からの評価が下がることはご

「理解頂ければと」

アイラちゃんは遠回しに、お前の生活態度はちゃんと見られているぞ、と忠告をしてくる。

教室にルナがいるのだから、護衛の人たちが遠巻きで見ているんだろう。

同じクラスの俺も見られていて、それが王家に報告されるってことのようだ。

「あまり評価を下げると、婚約破棄ってことか……」

「いえ、それはございません。ルナ様が、お許しになられないでしょうから」

思ったことを呟くと、アイラちゃんにすぐ否定をされてしまった。

「じゃあ、どうなるのかな……？」

嫌な予感がして聞くのは怖かったものの、聞かないのも逆に怖いので、俺は恐る恐るという感じで聞いてみた。

「決まっています、その根性を叩き直すのです。強制的に」

俺の質問に対し、アイラちゃんはとてもかわいらしくニコッと笑みを浮かべた。

うん、やっぱりこの子Sだ。

それも、ドがつくほうだと思う。

「その役目は、アイラちゃんが担うってわけだね……」

「ご理解が早くて助かります。私も、ルナ様が大切に想《おも》われている御方に厳しいことはなるべくしたくございませんので、そのようなことにならないよう先に忠告をさせて頂いています」

本当かな……？

嬉々としてやりたがっているようにしか見えないんだけど……。

「――とまぁ、本気は置いておきまして」

「いや、そこ冗談っていうところじゃないかな？」

「もしもの場合は、実際に行いますので冗談ではございません」

話の流れ的におかしくてツッコミを入れると、真顔で返されてしまった。

おかしい、アイラちゃんが先にボケたくせに。

「アルカディアから持ってきたハーブの中に、寝不足や疲労によく効くものがありますので、すぐにお茶を淹《い》れますね」

アイラちゃんはそう言うと、キッチンのほうに向かった。

全く……いじわるなくせに、ほんと根は優しい子だな……。

俺は心の中でアイラちゃんに感謝しつつ、くっついて眠り始めたルナへと視線を向ける。

アイラちゃんがルナを見ていたのは、寝ぼけた顔や寝顔が見たかったからだろう。

こんなにもかわいらしい寝顔は見ていて癒されるので、その気持ちが俺にはわかる。

「ルナはかわいくて優しい従者がいて、幸せだね」

彼女に尽くしているアイラちゃんを思い浮かべながら、俺は子供のように無防備に眠るルナの頰《ほお》を、優しく撫でるのだった。

第七章　お姫様との初デート

「えっ、遊園地にですか……⁉」

一緒に登校している中、ルナに遊園地の話をすると、彼女の表情はパァッと輝いた。

やっぱり行ってみたい気持ちがあったんだろう。

ちなみに、アイラちゃんは俺《おれ》とルナの数歩後ろを歩いている。

あえて距離を取ることで、二人きりの空間を作ろうとしてくれているようだ。

「うん、せっかくだから今度の休みに、遊園地に行けたらいいなぁって思って。どうかな？」

「もちろん、喜んでご一緒させて頂きます……！　遊園地はデートの定番ですものね……！」

頭がいいルナには、わざわざ説明をしなくてもこちらの意図を読み取ってもらえたようだ。

男女二人きり――まぁ護衛のためにアイラちゃんはついてくるだろうけど、遊園地に遊びに出かけるのはデートと言っていいはずだ。

「予定とかはないかな？」

「はい、私の予定は全《すべ》て、聖斗《せいと》様とのことのために開けておりますので……！」

うん……ここまでまっすぐと言われると、やっぱり照れくさいな……。

「それじゃあルナの歓迎会もあるから、空いてるほうの休みで行こう」

「はい……！　とても楽しみです……！」

ルナは元気よく返事をすると、シレッと俺の腕に自分の腕を絡《から》めてくる。

外ではベタベタしすぎないよう気を付けるとのことで、離れていたのだけど——我慢ができなくなったようだ。

まだ人通りが少ないし、気にしなくても大丈夫だろう。

もちろん、女の子に突然抱き着かれた俺の鼓動は、破裂しそうなくらいに激しいものになっているのだけど。

「えへへ、遊園地デート……」

よほど嬉《うれ》しかったのか、ルナはそのまま俺の肩に頭を乗せてくる。

本当に、なんだこのかわいい生きものは——という感じだった。

とてもかわいくて仕方がなく、滅茶苦茶《めちゃくちゃ》甘やかしたくなってしまう。

「ルナは遊園地に行ったことがないんだよね？」

「はい、アルカディアにももちろん遊園地はあるのですが……私は、連れて行って頂けませんでした」

人目があるし、危険に晒《さら》される可能性もあるのだから、許可が下りなかったんだろうな。

貸し切りとかにもできただろうけど、それをしたら偉い人がいるって明かすようなものだ。

余計危険になりそうなことを、わざわざすることはないだろう。

「じゃあ、いっぱい楽しもうね。ルナの好きなアトラクションに乗ったらいいから」

「はい、今から楽しみで仕方がありません……！」

ルナは満面の笑みを俺に向けてくる。

王女様やお姫様と聞くと身構えてしまいそうになるけど――やっぱりこうして見てみると、そこら辺にいる一般学生の女の子たちとなんら変わりない。

彼女は今の生活を望んでいたようだし、楽しい遊びを沢山教えてあげないと。

――まぁ、俺もあまり知らないんだけど……。

◆

学校でのルナは、清楚《せいそ》なお嬢様のような感じで上品な笑みを浮かべながら、群がってくる学校の生徒たちを相手にしていた。

婚約者がいることで敬遠をする男子たちがいる反面、やはりそういったことも気にしない男子たちもいる。

しかしそういう人たちはアイラちゃんが追い払ってくれているので、俺は特に何かを心配する必要もなかった。

誰《だれ》に対しても優しいルナの評価はうなぎ上りで、瞬く間に学校で一番人気の座を獲得したようだ。

そんな学校生活を過ごしている彼女だけど、家では——

「えへへ……明日の遊園地、楽しみです……」

——俺にくっついて離れない、甘えん坊へと変貌《へんぼう》する。

ソファに座って幸せそうに俺の腕を抱きながら肩に頭を乗せてきているので、かわいくて仕方がなかった。

「よく我慢したね」

俺はそう言って、ルナの頭を撫《な》でる。

というのも、遊園地に行くと話した日から、ルナはずっと遊園地のことを楽しみにしていたのだ。

その気持ちは日が経《た》つに連れて膨れるばかりで、昨日なんて一人葛藤《かっとう》しているようだった。

学校を休んででも遊びに行きたいけど、それは俺に迷惑をかける。

そもそもずる休みなんて駄目なことだ、みたいな感じで悩んでいたらしい。

ちなみに、それを全てコッソリと教えてくれたのは、いつもルナの傍《そば》にいるアイラちゃんだった。

「明日は晴れるようでよかったです。雨でしたら、泣いてしまうところでした」

天気予報によると、ちゃんと快晴らしい。

せっかく楽しみにしていたのに雨で台無しになんてなったら、泣かないまでも本当にルナはショックを受けるだろう。

そうなったら部屋の中で一日中凄《すご》く甘えてきそうで、それはそれでとてもかわいいだろうけど、やはり彼女が可哀想《かわいそう》なので晴れでよかった。

「ルナの日頃の行いがいいおかげだね」

「聖斗様もですよ？」

俺の言葉に対して、ニコッとかわいらしい笑みを返してくれるルナ。

うん、本当にかわいい。

「今日は早く寝ないと駄目だよ？」

既に宿題、晩御飯、お風呂《ふろ》などのやらないといけないことを全て終えているので、後は寝るだけだ。

今は寝る時間になるまでいつものようにアニメを見ているだけだし、早く寝たほうがいい。

「明日が待ち遠しすぎて、寝付けないかもしれません……」

うん、遠足前夜の子供かな？

そう思いつつも、それだけ楽しみにしてくれているということなので、嬉しい気持ちしかなかった。

「それじゃあ、早めにベッドに入ろっか？」

まだ普段寝ている時間よりも結構早いのだけど、ベッドに寝転がっていれば自然と寝付けるようになるだろう。

俺も目を閉じて無心になることで、段々と寝られるようになってきた。

「そうですね」

ルナは再度笑みを浮かべると、傍で立っていたアイラちゃんに視線を向ける。

すると、ルナの意図を察したアイラちゃんがリモコンでテレビを切ってくれた。

こういうことはアイラちゃんの仕事らしく、ルナがしようとすると彼女が嫌がるらしい。

ほんと、王族や貴族もいろいろとあるよなぁと思う。

「アイラちゃんは、まだ寝ないの？」

普段なら俺たちについて寝室に来るのに、今日は部屋から動こうとしないので俺は声をかけてみた。

「少し、やることがありますので」

「明日では駄目なのですか？」

ルナも意外だったらしく、小首を傾《かし》げて尋ねる。

「はい、すぐに寝室へ向かいますので」

いったいなんの用事だろう？

普段の彼女なら用事の内容も言いそうな気がするけど……わざと、誤魔化《ごまか》した？

「そうですか、アイラも夜更かしは駄目ですよ？」

俺は気になったけれど、ルナは話を終わらせてしまった。

そして、視線を俺に向けてくる。

「行きましょうか、聖斗様」

「あっ、うん……」

なんだろう？

別にアイラちゃんが何をしていようと、彼女の自由なはずだ。

それなのに、何かが少し引っかかる。

とはいえ、女の子の予定を深く聞くのも良くないだろう。

だから俺は気にしないようにして、ルナと一緒に部屋を出た。

「――聖斗様は、本当にお優しいですよね」

廊下に出てすぐ、なぜかルナが優しい笑みを向けてきた。

「えっ、なんで？」

「アイラの用事が気になるのでしょう？」

ば、ばれてる……。

「えっと……」

「ふふ、お顔に出ておりましたので」

どう返したものかと悩むと、ルナは見抜いた理由を教えてくれた。

なるほど、顔に出ていたのか……。

「まぁ、そりゃあ珍しかったしね。ルナは気にならなかったの？」

「私も気にはなりますが、アイラが用件を言いませんでしたからね。私が聞いてしまうと、あの子は答えないといけませんから」

だから早々に切り上げたのか……。

本当に優しいのはルナだと思う。

従者に、ちゃんと気を遣ってあげているのだから。

「――って、ごめん。スマホを忘れちゃった」

俺は普段ソファに座っている時は机の上にスマホを置いているのだけど、先程アイラちゃんに気を取られていたので忘れてしまった。

「それでは、取りに戻りましょうか？」

「いや、ルナは先に行ってて。俺もすぐ行くから」

リビングに取りに戻るだけだからすぐだ。

わざわざルナについて来てもらうことでもないだろう。

部屋を出て間もないし、多分アイラちゃんもまだ用事をしていなくて大丈夫なはず。

「わかりました、ベッドでお待ちしておりますね」

ルナは、俺の言葉通り先に寝室へと向かってくれた。

彼女をあまり待たせるわけにもいかないので、俺は急いでリビングへと戻る。

『――ええ、何も問題は起きておりませんし、ご心配なされていることも起きておりません』

あれ、誰かと話してる……？

リビングのドアを開くと、アイラちゃんの声が聞こえてきた。

見れば、部屋の隅に行ってスマホで誰かと電話をしている。

アイラちゃんは俺に気が付いたようで、チラッと視線を向けてきたが、机の上に置いてあるスマホに視線を向けたので俺が戻ってきた理由も察したようだ。

いや、スマホがあることで戻ってくるとわかっていたのかもしれない。

『それはあまり得策ではないかと。いくらお優しいルナ様でも、明日のことに横やりが入ればお怒りになるでしょうから』

俺がいても気にしないようで、アイラちゃんは話を続けている。

英語がわからないから、聞こえてもかまわないと思っているんだろう。

ルナの名前が出た気がするけど……報告をしている感じかな？

本人がいるところでは報告がしづらいから、こうして一人になったのかもしれない。

『そうですか……私は賛成しかねますが。ええ、わかっております。私から見ての、彼……ですか？』

スマホを手に取り部屋を出ようとすると、またアイラちゃんの視線が俺に向いた。

今度は俺の話をしているのかな？

『私もまだ数日しか一緒におりませんので、断言はできませんが――少なくとも、人柄は優れているかと。ルナ様がお選びになられただけはあるかと存じます』

いったいどんな話をしているのか。

英語は全くわからないけど、なぜか優しい笑みを向けられてしまった。

『能力ですか？　日本の学生の平均くらいでしょうね。そう喚《わめ》かないでください。その平均的能力で、ルナ様がお認めになられているということは――いえ、この話はしても無駄でしょうね。そろそろ私は行かないといけませんので、失礼致します』

気を取られていると、電話が終わったようでアイラちゃんが何食わぬ顔で俺のほうに歩いてきた。

「なんか……電話越しから、凄く怒鳴り声が聞こえた気がするんだけど……？」

アイラちゃんがうるさそうにスマホを耳から離していたので、ほぼ間違いなく相手は怒鳴っていたと思う。

何を言ったらあんなに相手が怒るのか気になるけど……。

「お気にならさないでください。子供のような御方が相手ですから、いつもこうなのです」

やっぱり、アイラちゃんは話してくれないようだ。

アイラちゃんの上司って言ったらいいのかな？

随分と大変な人が上にいるんだな……。

そういえば、ルナの教育係って人もキンキンキャンキャン怒鳴る人だったし、そういう人が多いのかもしれない。

「アイラちゃんも大変なんだね……」

「えぇ、まぁ……昔から厄介です」

珍しくアイラちゃんが愚痴る。

よほど困らされているらしい。

ルナ以外にはあまり付き従わない子だと思っていたけど、いろいろと苦労しているんだな。

今度、ケーキでも買って労《ねぎら》ってあげよう。

そんな話をしながら、俺たちは一緒に寝室へと向かったのだけど――

「密談は、さすがにどうかと思います……！」

――スマホを取りに戻っただけなのにすぐ寝室に向かわず、挙げ句アイラちゃんと一緒に寝室に入ったことで、頬を膨らませて拗《す》ねたルナに怒られてしまうのだった。

◆

「――ルナ、起きて。朝だよ?」

アラームで目が覚めた俺は、自分の胸に顔を押し付けてきているお姫様に声をかける。

「んんぅ……まだぁ……」

朝が弱いルナは、起きたくないという意思表示で、《イヤイヤ》とするかのように顔を左右に振る。

胸に顔を押し付けられているのにそんなことをするから、俺はくすぐったくて仕方がない。

「本日はお休みですし、もう少し時間に余裕はあるかと」

ルナの背中をポンポンッと優しく叩《たた》いていると、先に起きていたアイラちゃんが背中側から声をかけてきた。

顔も洗い、服装も寝巻から普段着に着替えているので、主《あるじ》と真逆だ。

「まぁそうなんだけど……出るのが遅くなる分、遊べる時間が減っちゃうからね……」

ルナは今日をとても楽しみにしていた。

だから、できるだけ遊ばせてあげたいのだ。

そのためには早めに家を出ないといけない。

なんせ、遊園地の開園時間は十時とはいえ、俺たちの住んでいる場所からは電車とバスを乗り継いで行かなければならず、片道二時間はかかるのだから。

朝ご飯を食べたり支度《したく》をしたりするなら、あまりゆっくりはしていられないだろう。

――というか、ルナが放してくれないと、俺が朝ご飯の支度をできない……!!

「昨晩はあまり寝付けなかったようですし、いつも以上にお目覚めにならないかと」

「あぁ、確かに……」

一緒に寝ているからわかるけど、結局昨晩のルナは全然眠れなかった。

頑張って寝ようとはしていたのだけど、やはり遊園地が楽しみすぎて興奮していたようだ。

寝たのは、日付が変わってからだった。

「う～ん、やっぱり寝かせておいてあげたほうがいいかな……？　まぁ、俺を放してくれたらギリギリまで寝ていいてくれていいんだけど……」

俺の体に回されているルナの手は片腕とはいえ、俺から離れないようにするためか、いつも無意識にギュッと服が握られている。

腕もしっかりと抱きしめるかのように力が入っており、正直これで眠れているのが毎回不思議で仕方がない。

「くすぐれば無意識にお放しになるかと。その上、高確率で目を覚まされる可能性がありますので、お得ですよ」

どう放してもらおうか思考を巡らせようとすると、アイラちゃんが悪魔の囁《ささや》きをしてきた。

そりゃあ、くすぐれば起きるだろうけど――絶対怒られる。

誰がやるんだ、誰が——という話だ。

「アイラちゃんがやってくれるの？」

「私がしてしまいますと、ルナ様はお怒りになりますので。ここは婚約者である聖斗様のお役目かと」

「嫌だよ、俺が怒られるじゃないか」

なんで無表情でこんな提案ができるんだ、この子は。

「いえ、聖斗様ならむしろお喜びになる可能性が」

「ないない。そんな嘘《うそ》を言ったって、俺は乗らないよ？」

くすぐられて喜ぶ人なんてそうそういないだろう。

ましてや寝ている最中にするだなんて、大目玉を喰《く》らいそうだ。

「それに、寝ている人にするのは危ないでしょ？　ビックリするだろうから、万が一心臓でも止まったりしたら……」

「ええ、そうですね。まぁおやりにならないとわかっているからこそ、ご提案しているだけですが」

「君は悪魔か……」

俺がもし本気にしたらどうするつもりだったんだ。

「そのようなことよりも、今回の場合は然程《さほど》苦労することはありません。すぐにお目覚めになられるいい言葉がありますので」

「そんなのがあるなら、さっさと教えてくれたらよかったのに……」

絶対この子、わざと俺を困らせてただろ……？

見かけによらず、悪戯《いたずら》好きなんだよな……。

「聖斗様に経験を積んで頂き、いずれはスムーズにルナ様を起こして頂けるようになったほうが良いかと考えました」

そりゃあまぁ、アイラちゃんが声をかけるよりも、くっついて寝ている俺がルナに声をかけて起こすことのほうが多いけどさ……。

でもそれって本来、お世話係であるアイラちゃんのお役目だと思うんだけど……？

まぁ、寝起きのルナは寝ぼけていてとてもかわいいし、起こしている時間も幸せだからいいんだけどさ。

「そのいい言葉ってのは、なんで今回だけなの？」

俺は思考を切り替え、シチュエーションが限定されている理由を尋ねてみた。

「条件が整わないとなりませんので。理由はすぐにおわかりになるかと」

アイラちゃんはそう言うと、ルナの耳元に口を近付ける。

それにより、俺の体に彼女の上半身が覆《おお》い被《かぶ》されてしまう。

だけど、そこはやはり完璧《かんぺき》な彼女らしく、ちゃんと俺の体に触れないようにしていた。

女性らしいある一部分も、当たるか当たらないかというギリギリの高さで――まぁこれがルナだったら、間違いなく当たっているだろうけど。

「死にたいですか?」

決して俺の顔は見えていないはずなのに、なぜかアイラちゃんが俺にとても冷たい目を向けてきた。

目の奥には、怒りの炎が静かに燃えているように見えてしまう。

おかしい、なんでバレた……?

「な、なんのことかな……?」

「とても不愉快な気配を、聖斗様から感じましたので」

この子はやっぱり超人なのか⁉

思わずそうツッコミたくなる。

人間離れした動きだけでも驚きなのに、考えていることまで気配で察せられるなんて人間技じゃない。

そういえば、よく俺の思考を読んでいるところがあったけど、これも本当に気配から察しているとか……?

「安心してください。不愉快な考えをされた時は気配でわかりますが、普通にしている時は気配で考えていることを読み取るなど不可能です」

うん、じゃあなんでその説明を今してきたの？

絶対俺の心を読んでいるよね？

「聖斗様は、お顔に出すぎるのです」

アイラちゃんは溜息《ためいき》混じりにそう言うと、怒りは収まったのか再度ルナに視線を向けた。

とりあえず、命拾いはしたらしい。

今後俺は、顔に出さないよう気を付けたほうが良さそうだ。

『ルナ様、本日は土曜日です。待ちに待った、遊園地デートの日ですよ？』

アイラちゃんは俺に話す時とは違う、とても優しい声でルナに話しかけた。

英語だったけど、土曜日と遊園地という単語を言ったのはわかった。

そんなことで、あの朝に弱いルナが起きるのか疑問だったのだけど――

『アイラ、すぐに支度をお願い致します……！』

――驚くほどあっさりと、ルナは目を覚ましたのだった。

うん、やっぱりアイラちゃんにはかなわないな……。

◆

「――お待たせ致しました」

玄関のドアを開けると、ニコッとかわいらしい笑みを浮かべる美少女が立っていた。

先程、着替えに戻ると言って部屋を出ていった、ルナだ。

彼女が着ている服は、白色と水色を基調としたお嬢様ふうのワンピースだった。

首には白いチョーカーをつけており、かわいらしいリボンがついている。

少し意外だったのは、オフショルダー——肩部分が空いている上に、胸元《むなもと》も出していることだ。

フリフリとリボンがついていてかわいらしい服なのだけど、肌をあまり見せそうにない王族にしては珍しいチョイスだといえる。

——いや、まぁ……肌を見せない、という部分には疑問があるんだけど。

なんせ寝る時のルナはいつも、彼シャツ姿なのだから。

とはいえ少なくとも普段彼女が着ている私服は、夏なのにあまり肌を晒さないものだった。

つまり今日は、普段とは違う格好ということだ。

「とても似合っててかわいいね」

デートと自分から言っていたくらいだし、力を入れた服装で来たのはさすがにわかる。

だから、ちゃんと素直な気持ちを伝えてみた。

こういう時莉音《りおん》だと褒めなければ不機嫌になるので、その経験を活かしているともいえる。

「か、かわいいですか？　えへへ……」

褒められたことが嬉しかったようで、ルナの表情がヘニャッとだらしなく緩んだ。

子供のような笑顔は、相変わらず見ていると心が和んでしまう。

「電車の時間がありますので、そろそろ出発したほうがよろしいかと」

「そうだね、行こう」

俺は時間のことを言ってくれたアイラちゃんに笑顔で頷《うなず》くと、部屋のドアに鍵《かぎ》をかけてルナの隣に並ぶ。

「………………」

歩き始めるとすぐに、ルナがチラチラと俺の顔を見上げてきだした。

どうやら、俺の顔と腕を交互に見ているようだ。

もしかしなくても――。

「今日は学校に行くわけじゃないし、好きにしていいんだよ?」

ルナが何をしたいのか予想が付いた俺は、笑顔で促してみる。

それがよかったようで、ルナの表情はパァッと明るくなり、満面の笑みを浮かべながら俺の腕に抱き着いてきた。

もちろん、甘えるように頭が俺の肩に置かれている。

やっぱり、抱き着きたかったようだ。

『――ふむ……やはり、聖斗様はただの優しい草食系男子ではありませんね。察しが悪いと思っていましたが、意外と向けられる好意を自覚すると、察しがいいような？　自分に自信がないだけなのかもしれませんね』

何やら後ろでは、アイラちゃんが顎《あご》に手を添えながらブツブツと独り言を呟《つぶや》いていた。

俺とルナのことに関して何か言っているんだろうけど、英語だから全然聞き取れず、無表情で言っているのもあって呪詛《じゅそ》を呟いているんじゃないかと勘繰ってしまう。

正直に言うと、ちょっと怖かった。

根は優しい子だとわかっていても、やはりまだあの子には慣れないようだ。

「――そういえば、車で行かなくてよかったのかな？」

駅へ向かって歩く中、俺は今更すぎることをルナに尋ねてしまう。

というのも、スーパーへの買いものは歩いていくし、遊びに行く場合は電車で行く、という考えが頭に刷り込まれているので、車で行くという考えが思い浮かばなかったのだ。

だから、聞くのが遅れてしまった。

俺の質問に対し、ルナはチラッとアイラちゃんを見る。

どうやらアイラちゃんの意図が何かあるようだ。

「日本におられる間は普通の学生らしい生活を――とのことで、車は手配致しませんでした。ルナ様にとっては電車やバスという乗りものは珍しく、こういう機会は大切にしたいのです」

なるほど、ルナのためにあえて黙っていたわけか。

いだろう。
確かに学校へは徒歩通学だし、アルカディアで乗る機会がなかったのなら電車もバスも珍し

とはいえ――。

「そこまで遠くない距離は車で行ってたんだろうけど、さすがに新幹線くらいには乗ったことがあるんじゃない？」

車で長距離移動は限界がある。

もちろん、泊まりながら移動をすれば不可能じゃないけど、忙しそうな王族がわざわざそんなことをするとは思えない。

だから、新幹線に乗っているなら電車はそこまで珍しいものでもないと思ったのだけど

――

「遠距離の移動は全て、アルカディア家が所有しておりますジェット機で致しますので、わざわざ新幹線は使用致しません」

――俺の想像を軽く超えてきた。

自家用ジェット機ってことか……。

やっぱり、超大金持ちの王族は違うな……。

「俺、飛行機なんて中三の修学旅行でしか乗ったことないよ……」

「でしたら、アルカディアにお越しになられた際には是非……！　空の旅デートというのも、

素敵ですよね……！」

アイラちゃんが代わりに説明をするから黙っていたルナが、急に目を輝かせながら話に入ってきた。

この様子を見るに、彼女が空の旅デートをしたいようだ。

「アルカディアに帰らずとも、日本で購入したり貸し切りにしたり——などの手段はありますが、目立ってしまいますものね」

やはりなんだかんだ言って、アイラちゃんはルナにかなり甘いのだろう。

お姫様のとんでもない提案を、実現する方向で思考を巡らせている。

正直、デートのためにジェット機を買ったり貸し切りにされたりなどしたら、一般人の俺は申し訳なさすぎて胸が痛くなるんだけど……。

まぁ目立ちたくないという意図があるので、日本で実現されることはない……はず。

これ、ルナがお忍びで来てなかったら、普通に実現したんだろうなぁ……。

少しホッとした。

「実際のところ、アルカディアって俺は入って大丈夫なのかな？」

旅行で行くお金持ちとかもいるくらいだから、多分大丈夫なのだとは思うけど——なんせ、立場が立場だ。

第一王女と第八王女以外はあまり歓迎してくれそうにないのに、行っても大丈夫なのかという不安がある。

「どのみち、いずれは足を運んで頂く必要がございますので。ですよね、ルナ様？」

アイラちゃんは淡々と答えてくれた後、珍しい言い方でルナに話しかける。

こんな確認の仕方、一緒にいるようになってから初めて見た気がした。

というか、かなりわざとらしい。

話を振られたルナはといえば――

「そ、そうですね、大切なことですから……」

――なぜか、顔を赤く染めていた。

……なんで？

彼女の反応が意外すぎて、俺は思わず首を傾げてしまう。

ルナはそんな俺から照れくさそうに視線を外し、なぜか俯《うつむ》いてしまった。

『結婚のために、顔合わせが必要ですものね……』

彼女はブツブツと何かを呟いたのだけど、生憎《あいにく》英語なので聞き取れない。

「ルナ、どうしたの……？」

「い、いえ、なんでもございませんよ？　ご心配なさらないでください」

気になったので尋ねてみるも、笑顔で誤魔化されてしまった。

その笑顔が無理に笑っているように見え、俺は更に心配になってしまう。

いったい俺に、今後何が待ち受けているのだろうか……？

少しだけ、不安になった。

◆

「――それでは、ここからは私はいないものとお考えください」

バスから降りて遊園地を目の前にすると、急にアイラちゃんがお辞儀をしてきた。

俺とルナのデートの邪魔にならないよう、自分は気配を消すということなんだろう。

少し寂《さび》しい気もしたが、あくまで護衛でついてきているだけなので仕方がないらしい。

何より、今日はルナとのデートなので、他の女の子に構うわけにはいかないだろう。

俺は入場券を買うと、ルナと腕を組んだまま二人きりで遊園地に入っていく。

「…………」

中に入るなり、ルナは途端にソワソワとし始めた。

楽しみにしていただけでなく初めて来たのだから、早く乗りたくて仕方がないのだろう。

俺はほっこりとした気持ちになりながら、ルナに笑みを向ける。

「まずは何から乗りたい？」

今日一日はルナのために使う日だ。

彼女が乗りたいアトラクションに乗って、沢山楽しんでほしい。

「えっと……聖斗様のお乗りになりたいもので、私は大丈夫ですよ？」

ルナは髪の毛を人差し指で耳にかけながら、困ったように笑みを向けてきた。

彼女は彼女で、俺に気を遣っているらしい。

「今日はルナのために来たんだ。初めてなんだし、ルナが乗りたいものに乗ろうよ。俺もルナが乗りたいアトラクションに乗りたいし」

俺は笑顔で正直な気持ちを彼女に伝える。

すると――。

「〜〜〜〜〜っ！」

俺の顔を見つめていた彼女は、言葉にならない声を出しながら顔を背《そむ》けてしまった。

見れば、彼女の耳が真《ま》っ赤《か》になっている。

何か、変なことを言ったかな……？

「どうしたの……？」

とりあえず、放置はできないので声をかけてみる。

それにより、口元を両手で隠すように包み込んでいるルナが、俺に視線を戻してくる。

「なんでもありません……」

うん、全然なんでもないように見えない。

「そっか……まぁあまりこういうのに慣れてないから、嫌だったりしたら正直に言ってくれたらいいからね？　そうやって、ルナがいろいろと俺に教えてくれると嬉しいかな？」

ルナが悶《もだ》えた理由はよくわからないので、教えてもらえるなら教えてほしい。

そうやって一つずつ、彼女が喜ぶことや嫌がることを覚えていきたかった。

正直、乙女《おとめ》心が理解できるなんて思っていないからなぁ……。

今朝《けさ》の服のやりとりのように、莉音との経験を活かすことができる場面もあるだろうけど……多分、あまり期待はできない。

なんせ、莉音とルナとでは性格が違いすぎるのだから。

根が優しいところはどちらも同じだけど、莉音はクールで落ち着いた女の子だ。

子供のようなところはなく、むしろ年齢の割に大人びている子だろう。

ルナも外面《そとづら》は大人びた上品な女性という感じで凛々《りり》しくもあるのだけど、根が甘えん坊だ。

彼女を喜ばせたいと考えた時、莉音と同じような対応では駄目だと思う。

それこそ、甘やかしてあげれば喜ぶだろうし。

『私色に、聖斗様を染めてしまう……』

少し考えごとをしていると、ルナがボソッと独り言を呟いた。

気が付けば、何やら熱のこもった瞳《ひとみ》で、期待したように俺を見つめてきている。

あれ、何かおかしいぞ？

ルナが恍惚《こうこつ》とした表情を浮かべたので、俺は違和感を覚える。

また何か勘違いされていないだろうか?

『ふふ……それも、いいかもしれませんね……』

◆

「……♪」

アトラクションの列に並ぶ中、隣にいるルナは子供のように身体をソワソワとさせながら順番が来るのを待っていた。

楽しみにしていたからか、かなり上機嫌だ。

「――そろそろ順番が回ってきそうだね?」

ルナを眺めている間に列は進み、ついに俺たちの番が回ってきそうだった。

最初に乗るのは、デートの定番ともいえるティーカップだ。

遊園地に入ってすぐのところにあり、ルナが乗りたそうにしたので列に並んだ感じだった。

「あの乗りものはグルグルと回っておりますが、酔ったりしないのでしょうか?」

ルナはもうすぐ順番が回ってくるティーカップを見つめながら尋ねてきた。

正直、乗ったことがないのでわからないのだけど――。

「まぁあれだけゆっくり回っているんだし、大丈夫なんじゃないかな？」

ティーカップで酔ったという話を聞いたことがなかった俺は、気軽な感じで答えた。

しかし——この後俺は、バッチリと酔ってしまうのだった。

どうやら、ティーカップを楽しむルナの顔をジッと見つめていたのが良くなかったらしい。

「——聖斗様、大丈夫でしょうか……？」

ベンチに座り虚《うつ》ろな感じになっていると、ルナが心配そうに俺の顔を覗《のぞ》き込んできた。

俺とは違い、ルナはティーカップが大丈夫だったらしい。

「うん……ごめん、少し休めば大丈夫だから……」

酔ってはいるけど、船酔いほど酷《ひど》くはない。

言葉にした通り、少し休めば動けるはずだ。

「こういう時は、横になられたほうがよろしいかと……」

俺のことを心配してくれているルナは、優しく助言をしてくれる。

確かに、横になったほうが楽なのかもしれないけど……周りから見て、あまりいい光景ではないだろう。

俺だけならともかく、ルナまで変な目で見られるくらいなら、我慢したほうがいい。

そう思っていると——。

「お隣、失礼致します」

ルナが隣に座ってきた。

「聖斗様、お体から力を抜いてください」

「えっ……？」

突然のお願いに戸惑いながらも、俺は言われた通り力を抜く。

それを見てすぐに、ルナが俺の体――肩と頭に、手を伸ばしてきた。

そして、ゆっくりと俺の体を横にしようとしてくる。

「ル、ルナ……？」

「危ないので、力を入れないでください」

声をかけてみるも、注意をされてしまった。

俺のすることを全て肯定するような彼女にしては、とても珍しい発言だ。

だけど、俺に酷いことをするような子でもないので、俺は流れに身を任せることにした。

それによって――ポフッと、柔らかくて温かいものが頬へと当たる。

――ルナの、太ももだ。

『ふっ……んっ……髪がくすぐったい……』

直後、嬌《なま》めかしい声が俺の耳に届く。

見上げれば、くすぐったそうに目を閉じるルナの顔が――ではなく、大きな山が二つそこにはあった。

それが遮《さえぎ》って、ルナの顔が見えない。

うん……知ってはいたけど……凄い……。

「――まぁ、婚約の身ですし、見逃しましょう」

「――っ」

突如、どこからともなく耳に入ってきた、凍りのように冷たい声。

とても小さな声量だったのに、やけに耳へとはっきり聞こえた。

理由は、殺気を帯びていたからだろう。

日本語で呟いたことからも、無意識に漏《も》れた言葉じゃない。

わざと俺に聞こえ、理解できるように言った言葉だ。

発した本人の姿《すがた》は見えないが、きっとここぞとばかりにこの状況を楽しんでいる。

『ルナ様、とても大胆ですね？』

アイラちゃんの標的は俺からルナへと切り替わったようで、今度は英語がどこからともなく聞こえてきた。

『ち、違います……！　これはわざとではなくて、聖斗様が楽になられるよう、太ももを枕《まくら》代わりにして頂いたほうが良いと思っただけなのです……！』

きっと恥ずかしいことを言われたのだろう。

ルナは激しく顔を横に振っているようで、俺の上にある大きな山が激しく横に揺れ始めた。

……目の毒だ。

というか、揺れが激しく、サイズも大きいせいで、ちょくちょく俺の顔に当たっている。

まずい、思春期の少年にこれは刺激が強すぎる……。

「──天然とは、恐ろしいものですね？」

ルナに気付かれないよう頑張って感情の高ぶりを鎮めようとしていると、またもやアイラちゃんの意地悪な声が耳に届いた。

見えないはずなのに、ニヤッと口角を吊り上げる彼女の顔が脳裏を過《よぎ》ってしまう。

言わんとすることはわかるのだけど、言葉と声が一致していない。

ましてや、この状況を生んだ張本人が何を他人事《ひとごと》みたいに言っているんだ、という話だ。

ルナを照れさせた上に、俺を困らせて楽しんでいる悪い侍女に対して、俺は文句を言いたくなるのだった。

──いや、まぁ……おかげさまで、とてもいい思いをしているのだけど。

◆

「…………」

少ししてルナは落ち着いたようで、黙り込んでしまった。

俺はさすがに胸を真下から見上げるのは悪いと思い、体を横にして視線を逃がしたのだけど――そうすると、スベスベとしていてとても柔らかい彼女の太ももに、自分の頬が直に当たってしまう。

正直、同じ人間とは思えないほど太ももは異常に柔らかく、スベスベとした肌も気持ちが良すぎて、鼓動が高鳴ってしまっている。

このモチ肌からは、俺は逃げられないかもしれない。

「――あの」

「――っ⁉　すみません……！」

ルナの太ももに夢中になっていると、アイラちゃんの声がまた聞こえてきたので俺は慌てて謝った。

しまった、あまりにもルナの太ももが最高すぎて、あの子の存在を忘れていた……。

「いえ、聖斗様にお声をかけさせて頂いたわけではございません」

しかし、彼女は俺に話しかけたわけじゃないと主張する。

ということは、ルナに話しかけたということだ。

くそ、早とちりして損した。

咄嗟《とっさ》に謝ったから、やましいことを考えていたと自ら言ったようなものじゃないか。

というか、わざと俺が勘違いするように声をかけてきた気がする。

姿は相変わらず見せていないので、ルナに話しかけたのに日本語だったのがおかしい。

「どうなさいました？」

例の山の上から、ルナの優しい声が聞こえてくる。

彼女は俺の慌てた様子をあまり気にしていないようだ。

これはわかっていていて見逃してくれているのか、それともそもそもわかっていないのか、どっちなのだろう？

できれば、後者であってほしいのだけど……。

「先程から手を出しては引っ込められ、手を出しては引っ込められ――と、躊躇《ちゅうちょ》されておりますが、聖斗様は気になされないと存じ上げます」

「――っ！」

アイラちゃんの言葉により、ルナがわかりやすく息を呑《の》む。

どうやら俺の見えていないところで、ルナが何かをしようとしていたようだ。

わざわざ俺が理解できるように日本語で話すあたり、やはりあの子は意地が悪い。

――いや、これは俺に促させるための、ルナに対するサポートか。

先程から姿を見せずに声をかけてきているのも、デートを成功させようとするサポートだったのかもしれない。

「何かしたいことがあるなら、していいんだよ？」

何をしようとしているのかはわからないけど、ルナなら変なことはしないだろう。

今は凄くいい思いをさせてもらっているのだし、彼女にも好きなことをしてもらいたい。

そう思った俺は、明るい声を意識してルナに言ってみた。

「よろしいのでしょうか……？」

ルナは不安そうに尋ねてくる。

そんなに、勇気がいることをしようとしているのだろうか？

「ルナなら何してくれても大丈夫だよ。それにほら、俺は膝《ひざ》を貸してもらってるわけだし」

俺のために尽くしてくれている子のお願いを、断れるはずがない。

『私なら、何をしても――それはつまり、私だけ特別……』

何やらルナは、ブツブツと英語で独り言を呟く。

スペシャルって言っていたように聞こえたから、私は特別、とでも言ったんだろうか？

声も弾んでいた気がする。

もしそうなら、俺にとってルナは特別なのでその考えは間違っていない。

だから俺は反応するのをやめて、彼女が何をするのか待ってみた。

すると――

「それでは、お言葉に甘えて……」

――ソッと、ルナの手が俺の頭に触れてきた。

そのまま彼女は、ゆっくりと俺の頭を撫でてくる。

なるほど、撫でてみたかったのか。

『ふふ……甘えるのも好きですが……こういうのも、とても幸せな気分になりますね……』

撫でることができて満足しているのか、ルナの楽しそうな声が聞こえてきた。

女の子に撫でられるなんて随分と久しぶりなので、少しくすぐったい。

だけど、ルナの温かい気持ちが伝わってくるせいか、とても幸せな気分になった。

俺はルナに身を委《ゆだ》ねて、心地いい雰囲気を楽しみ続ける。

「――ルナ、そろそろ大丈夫だよ」

あれから少しして、気分が良くなってきたのでルナに声をかけた。

せっかく遊園地に来ているのに、俺のせいで遊べなくなるのは駄目だ。

早く、次のアトラクションに連れて行ってあげないと。

そう思ったのだけど――。

「そうですか……」

ルナは残念そうな声を漏らして、俺の頭から手を離した。

これは……。

「もう少し、このままにしておく？」

「よろしいのですか……？」

明るい声で尋ねると、ルナは顔色を窺《うかが》うような声で尋ね返してきた。

相変わらず顔は見えないのだけど、《よろしいのですか》と聞いたということは、彼女はまだこのままでいたいと考えているはずだ。

「もちろんだよ。今日は一日ルナに楽しんでもらうための日だからね、ルナのしたいようにしたらいいんだ。何かしたいこととか、やってほしいこととかあったら、遠慮なく言ってくれたらいいからね？」

遊園地に来たのも、あくまでルナに喜んでもらうためだ。

彼女の気持ちを第一に考えないと意味がないので、当然彼女の気持ちを尊重する。

「聖斗様は、お優しすぎます……」

「そんなことないよ、これくらい普通のことだから」

好意を寄せている相手に喜んでもらいたい、楽しんでもらいたいと思うのなんて、普通のことだ。

ましてや恋人――俺たちの場合は婚約者だけど、そういう立場にあるならなおのことだと思う。

「ふふ……私は、本当に幸せ者です」

ルナは嬉しそうに声を漏らし、また俺の頭に触れてきた。

そして、先程と同じように優しく撫でてくる。

甘えん坊な子だと思っていたけれど、甘やかすのも好きなようだ。

どちらのルナもとても素敵でかわいいので、俺のほうこそ幸せ者だろう。

「俺も幸せだよ」

少し前まで、こんな日々が待っているだなんて微塵《みじん》たりとも思わなかった。

それどころか、莉音に振られて落ち込み、人生がどうでもよくなっていたところもある。

もしルナと出会わなかったら、俺はあのまま駄目人間になっていたかもしれない。

彼女のおかげで、莉音に対する気持ちも段々と薄れて――。

そう思った時だった。

ズキッと胸に痛みが走ったのは。

その痛みの意味を理解するのに、さほど時間はかからない。

俺は、ルナで莉音のことを忘れようとしているんじゃないのか……？

そう理解してしまったのだ。

「聖斗様……？」

俺に触れていたルナは、俺の体が強張ったことに気が付いたんだろう。

すぐに声をかけてきた。

「いや、なんでもないよ」

俺は咄嗟に笑みを浮かべ、ルナに返事をする。

せっかく楽しんでくれている彼女に、余計な不安なんてかけられないだろう。

ましてや……こんな気持ちを知られて、彼女に嫌われたくない。

こんなの、最低な考えだから。

もちろん、俺自身にルナを利用するという気持ちがあったわけではない。

だけど、無意識にルナを好きだと思い込むことで莉音を忘れようとしていたんじゃないか、と聞かれたら否定するほどの材料を俺は持ち合わせていなかった。

「……そんなはず、ないよね……？」

俺はルナに聞こえないよう、凄く小さな声で呟く。

ルナと一緒にいるのは凄く楽しいし、とても幸せだと思う。

何より、彼女のことはとてもかわいいと思っているのだ。

……うん、きっとこの気持ちは、莉音のことは関係なくルナが好きだってことのはずだ。

俺は自分の胸に、そう言い聞かせるのだった。

『…………』

離れたところからジッとこちらを見つめる、アイラちゃんの視線にも気が付かずに。

◆

「もうそろそろ行きましょうか？」

俺の頭を優しく撫でていたルナは、満足したのか手を離した。

だから俺は体を起こしてルナに視線を向ける。

「もういいの？」

「はい、十分楽しませて頂きましたので」

そう答えるルナの表情は、ホクホクとした幸せそうなものになっている。

言葉にしている通り、楽しんだようだ。

この笑顔を見ていると、心がスッと楽になる。

「次は何に乗りたい？」

まだまだ乗っていないアトラクションは沢山。

ルナが好きそうなメリーゴーランドや観覧車はもちろんなこと、ジェットコースターやバンジージャンプなどの爽快なものまである。

特にここは爽快系のアトラクションに力を入れているのか、後ろ向きに動くジェットコースターや立ったまま乗るジェットコースターもあり、ルナが怖くないなら一緒に乗ってみたい。

そんなことを考えていると――

「わぁあああああん！　おねえちゃん、どこぉおおおおお！」

――幼い子特有の甲高い泣き声が、どこからともなく聞こえてきた。

視線を向けると、四、五歳の子が両手の甲で目を押さえながら天を仰《あお》いでいる。

「迷子か……」

休日に遊びに来ているので、やはり人はかなり多い。

子連れの家族も多くて、こういう場面に遭遇しても不思議ではなかった。

「――どうなさいましたか？」

泣いている子に声をかけよう。

そう思って立ち上がった俺よりも先に、幼女に声をかけた少女がいた。

俺の隣に座っていた、ルナだ。

女の子は恐る恐るという感じで、ルナに視線を向ける。

「おねえちゃん、だぁれ……？」

「私は、ルナーラです」

女の子の不安を取り除くためだろう。

ルナはとても優しい笑顔で自己紹介をする。

名乗ったのが偽名のほうだったのは、相手が子供でも用心しているようだ。

子供から親に名前を伝えられる可能性もあるし、周りに聞こえてしまう可能性もあるので、それも仕方がない。

「るなーら……？」

ルナの名前がしっくりこないのか、女の子は小首を傾げてしまう。

幼い子なので、外国人というのをまだ知らないようだ。

「はい、そうです。あなたのお名前を教えて頂けますか？」

ルナは幼い子が相手だろうと、凄く丁寧な姿勢で接している。

それは、彼女の人柄を表しているように見えた。

ここはルナに任せたほうがいいか。

「みーちゃん……」

「みーちゃんですね、とてもかわいらしいお名前だと思います」

日本に理解があるルナは、ちゃんとあだ名だと理解したようだ。

保護者を呼び出してもらう際には名前をしっかり教えてもらわないといけないけど、今はまだあだ名で十分だろう。

さて、今のうちにできることをしておかないと。

「アイラちゃん、出てきてくれる？」

俺はどこに身を潜めているかわからない女の子に、声をかけてみる。

「人探しですね？」

アイラちゃんはすぐに姿を現してくれて、察しがいい彼女は頼みたいこともわかっているようだ。

「うん、そうなんだ。子供を探してる人――お姉ちゃんって呼んでたから、若い女性を探してもらえるかな？　アイラちゃんの部下の人たちも多分来てるよね？」

俺はみーちゃんと話すルナを横目に、アイラちゃんに耳打ちをする。

「ええ、可能でしょう。焦《あせ》りを抱いていたり、キョロキョロと落ち着きなく周りを見ている女性。特に、視線を低い位置に向けている御方を探せばよろしいですね？」

やはりアイラちゃんは優秀だ。

皆まで言わなくても、俺の意図をしっかりと読み取ってくれた。

「さすがだね、任せるよ。俺たちはあの子を遊園地スタッフのところまで連れて行くから」

多分、迷子センターみたいなのがあると思う。

まずはそこにみーちゃんを連れて行き、アナウンスでお姉さんを呼んでもらったほうが良さそうだ。

「――お姉さんは、どのような御方なのでしょう？」

「えっとね、とってもやしゃしいの……！　しょれでね、おねえちゃんみたい……！」

目を離した少しの間に、気が付いたらみーちゃんは泣き止《や》んでいた。

今は一生懸命お姉さんの特徴をルナに伝えている。

凄い……あの少しの間で、不安を取り除くなんて……。

やはりルナは、誰からでも好かれる素質があるんだろう。

ちなみに、先程言っていた《お姉ちゃんみたい》というのは、自分のお姉さんはルナみたいだと言っているようだ。

「結構なヒントだよね？」

「本当にルナ様のようでしたら、探す手間《てま》が省けますが……」

アイラちゃんの言う通り、ルナは誰もが目を惹《ひ》かれる容姿をしている。

お姉さんがルナのようだったら、自然と目立っているだろう。

「髪色、もしくは——えっと、雰囲気かもね？」

一瞬みーちゃんの目線に釣られて、ルナのとても目立ちそうな部位を挙げそうになったが、さすがにまずいと思って咄嗟に変えた。

「じぃっ……」

まぁ、察しがいいアイラちゃんには言葉にしなくてもバレたようだけど。

「ほ、ほら、任せたよ？」

いたたまれなかった俺は、笑顔でアイラちゃんをせかす。

それにより彼女はスマホを取り出し、部下の人たちへメッセージを飛ばす。

そして俺も、今自分ができることをする。

「みーちゃん、大丈夫だよ。お姉さんは、俺たちが絶対に見つけるからね」

俺はみーちゃんに近付き、ルナと同じく目線を合わせるようにしゃがみ込むと、笑顔で話しかけてみた。

しかし――突然声をかけたせいか、みーちゃんはビクッと体を震わせて、勢いよくルナの後ろに隠れてしまった。

うん、照れ屋さんかな？

「いえ、聖斗様に怯《おび》えているのでしょう」

みーちゃんの態度について思い浮かべてみると、即座に後ろからツッコミを入れられてしまった。

「アイラちゃん、人の心を読むのはやめようね……？」

ツッコミを入れてきたアイラちゃんに対し、俺は苦笑いを返す。

ちょくちょく人の心を読むのはやめてほしい。

「この御方は、とてもお優しいですから大丈夫ですよ？」

ルナもみーちゃんが怯えていると判断したようで、母性を感じるような優しくて温かい笑みをみーちゃんへと向ける。

それが覿面《てきめん》だったようで、みーちゃんはおずおずと俺の前に戻ってきてくれた。

「おにいちゃん、おねえちゃんのおともだちぃ？」

みーちゃんはルナとの関係が気になるらしく、人差し指を加えながら小首を傾げた。

それによって、ルナとアイラちゃんの視線がジッと俺に集まる。

二人とも俺がどう答えるか気になるらしい。

関係をそのまま答えるなら、婚約者——なのだけど、幼いこの子には理解できないだろう。

恋人……でいいんだよね……？

婚約者になったということは、将来結婚するということ。

それなら今の段階は、恋人ともいえると思う。

しかし——後ろめたさがある俺は、どう答えるか少し悩んでしまった。

「おにいちゃん？」

「あぁ、うん……俺たちは、恋人だよ」

みーちゃんに声をかけられたことで我に返った俺は、すぐに返事をした。

それにより、みーちゃんは曇りなき眼《まなこ》でルナを見上げる。

いや……その瞳は、キラキラと輝いていた。

「こいびとしゃんなの⁉」

「はい、そうですよ」

みーちゃんに尋ねられたルナは、即座に笑顔で頷いた。

よかった、俺が躊躇《ちゅうちょ》したことはバレていないようだ。

「おにいちゃん、しゅごいね～！　おねえちゃん、びじんしゃんなのに、よくこいびとしゃんになれたね～！」

みーちゃんはおませさんなのか、先程とは打って変わって楽しそうに話しかけてくる。

こんなにも幼いのに、もう恋愛話が好きなようだ。

何より、子供はやはり正直だろう。

俺とルナが釣り合っていないことを、純粋な心でぶつけてきていた。

「みーちゃん、よろしいですか？」

「ん～？」

ルナが後ろからみーちゃんの両肩に手を置くと、みーちゃんは不思議そうに首を傾げる。

「みーちゃんは今しがた、外見によって人を判断されたと思います。しかし、大切なのは中身です。先程も申し上げました通り、聖斗様はとても優しくて素敵な御方なのですよ？」

彼女は優しく諭すように、みーちゃんへと話しかける。

正直、幼いみーちゃんが全部を理解できたとは思えない。

だけど、ルナが言いたいことは伝わったのだろう。

「んっ……！」

元気よく右手を挙げて、《わかった》という意思をルナに返した。

「ルナって、子供に慣れてるの？」

少し気になった俺は、ルナがみーちゃんの相手をしているので、黙って事の成り行きを見ていたアイラちゃんに尋ねる。

「はい、妹君がお生まれになられてからは、よくルナ様がお相手をされていましたので」

だから、幼い子相手にあれだけうまく接することができるのか。

妹がルナに懐いているというのも納得だな。

「やっぱりルナは凄いなぁ……」

彼女がいるだけで、誰を相手にしても人間関係がうまくいきそうだ。

「……私もお尋ねしてもよろしいでしょうか?」

笑顔で話すルナとみーちゃんを見つめていると、何やらアイラちゃんが小首を傾げた。

「ん? 何かな?」

「どうして先程、恋人だと即答できなかったのですか?」

「――っ」

何を考えているのかわからない無表情で見つめられ、俺は息を呑んでしまう。

そうだ……ルナが気にしていなかろうと、この子にあの不自然な間《ま》を突《つ》かれないわけがなかった。

「えっと……」

「責めているわけではございません。ただ、本心をお聞かせ願いたいのです」

アイラちゃんはそう言うけど、本当に責めていないのだろうか?

ここで正直に話してもいいのか、俺は迷ってしまう。

しかし――どうせ嘘を吐《つ》いたところで、この子は見抜いてしまうはずだ。

それなら、まだ正直に話すことのほうが希望はある気がした。

俺はルナに聞こえないように、アイラちゃんの耳へと口を近付ける。

「流されるままルナと今の関係になったけど――俺は、それでもいいと思ってた。ルナは俺にとってもったいなさすぎるほどの凄く素敵な人だから、反対する理由なんてないと思ってたんだ。でも……俺はただ失恋の痛みを忘れたくて、ルナを好きだと思い込もうとしているだけなのかもしれない――って、さっき思ってしまったんだよ……」

俺はありのままを彼女に伝える。

果たして俺は、アイラちゃんに撃たれてしまうのだろうか。

それとも、サンドバッグのようにボコボコに殴られたり、鉄パイプで殴られたりする可能性だってある。

俺は怒られるのを覚悟で、目を瞑《つむ》ってアイラちゃんの返事を待った。

「――それくらいのことを私共が理解していないと、本気でお思いだったようですね？」

覚悟を決めていたのだけど……アイラちゃんの言葉は、とても意外なものだった。

「どういうこと……？」

「ルナ様の婚約者になられるあなたのことは、当然詳しく調べさせて頂きました」

アイラちゃんはそう言いながら、なぜかスマホを操作し始める。

目にも留まらぬ速さで何やら入力していると思ったら、俺のスマホから通知音が鳴った。

《物語でなら、好きな相手ができた際に過去の想《おも》いは綺麗《きれい》さっぱりと忘れられるのでしょう。しかし、現実にそのようなご都合主義はございません。普通に考えて、長年想いを寄せた相手に振られた傷がそう簡単に癒えるはずがないのです。ルナ様はそのことを理解し覚悟の上で、現在聖斗様の傍におられます。そのことを負い目に感じることはあれど、聖斗様を責めるようなことをルナ様は致しません》

通知によってスマホを見てみると、アイラちゃんから長々としたメッセージがチャットアプリに送られていた。

ルナに聞かれたくないから、俺にだけ伝わるようこの手段を選んだんだろう。

チラッとルナのほうを見ると、みーちゃんが一生懸命話していて、それを笑顔で聞いているので俺たちを気にしている様子はなかった。

だから俺は安心してスマホに視線を戻す。

送られてきた内容を見るに、彼女たちは思った以上に俺への理解が深い。

幼馴染に振られたというのは出会った頃にルナに話していたので、それでアイラちゃんも知っていたんだと思う。

だけど普通なら、そんなことすぐ忘れてルナに尽くせ――と言いそうなのに、ちゃんと俺の気持ちの整理がつくまで待ってくれているようだ。

そしてルナも、先程俺が躊躇したことに関して、おそらくわかっていた上で気付かないフリをしてくれていたんだろう。

負い目に感じるというのがよくわからないが、ルナは優しいので責めてくることはないというのはわかる。

《何もかも、お見通しなんだね》

とりあえず、俺もチャットで返信をしてみる。

《聖斗様がわかりやすすぎるのかと》

そして、前にも言われたようなことを、釘を刺すようにまた言われてしまった。

ここまでバレバレなのだったら、確かに俺がわかりやすすぎるんだろう。

そう思っていると、続けてメッセージが飛んできた。

《先程の聖斗様の想いは、ご自身では後ろめたさで駄目なことだと思われているかもしれませんが、聖斗様が誠実な御方だからこそ、気にされているのかと存じます。それは決して悪いことではなく、人として素敵なことかと》

何かと思ったら、俺へのフォローが書かれていた。

文句を言われても仕方がないようなことなのに、逆に俺の評価を上げてくれたらしい。

しかし、メッセージはまだ終わっていない。

《だからこそ、私からのお願いになります。聖斗様が後ろめたさを感じられているように、ルナ様も後ろめたさを感じられておられるのです。ですから、しっかりと楽しんでください。このデートは、聖斗様のためでもありますから》

送られてきた内容に目を通しきった俺は、驚いてアイラちゃんに視線を向ける。

すると、彼女はニコッと優しい笑みを浮かべた。

「多感な思春期で、いろいろな悩みをお抱えになるお年頃ではあるでしょう。問題を持ち込んでいる側が言えることではありませんが、純粋に楽しむことも必要だと存じ上げます」

アイラちゃんは、やっぱり不思議な子だ。

俺よりも年下で、よく意地悪なところを見せるかと思えば――落ち着いていて不思議な安心感があり、優しく支えてくれるのだから。

いったいどんな人生を歩んで来たら、こんな子に育つんだろうか。

人生二度目だと言われても驚かない。

「うん、わかったよ。ありがとう」

これ以上長話をしてしまうとさすがにルナに怪しまれてしまうので、俺は笑顔で話を終わらせた。

とはいえ、一つだけ気になっていることがあるので、そちらはチャットアプリのほうで尋ねる。

《ルナが後ろめたさを感じているってのはどういうこと？》

そこは、有耶無耶《うやむや》にしていい部分ではないと思った。

だから聞いたのだけど――。

《これだから童貞は》

とんでもなく辛辣な言葉が返ってきた。

「ちょっ⁉」

思わぬ返信に、俺は声を上げてしまう。

しかし、慌てて口を手で塞《ふさ》いで、アイラちゃんに視線を向けた。

こんなの、十三歳の女の子が使っていい言葉じゃないでしょ……！

そんな俺の文句の視線などものともせず、アイラちゃんはスマホを操作する。

《ルナ様が、聖斗様とあまり接点がない私に嫉妬《しっと》して、聖斗様が想いを寄せておられた莉音様に嫉妬をなされない――いえ、嫉妬しているところを聖斗様にお見せになられない理由を、よくお考えください》

先程は酷いことを言ってきた彼女だけど、ちゃんとヒントも教えてくれたようだ。

……確かに、そうだ。

なんで今まで気付かなかったんだろう？

普通に考えて、おかしいじゃないか。

ルナは俺が莉音に想いを寄せていたことを知っている。

それなのに、莉音が俺と話すことや傍にいることで嫌がる様子は見せなかった。

逆に、アイラちゃんと話したり、少しでも二人きりになったりすると、凄く嫉妬している。

嫉妬深い彼女なら、むしろ莉音にこそ嫉妬するはずなのに。

そこが、ルナが後ろめたさを抱いている理由と繋《つな》がっているんだろう。

「――聖斗様、どうやらそれらしき人物を発見できたようです」

アイラちゃんのヒントにより思考を巡らせていると、そのタイミングで部下の人から連絡があったようだ。

「そっか、よかったよ。それじゃあ、みーちゃんを連れて行こう」

もうすぐ何かわかりそうだったけど、今は何よりもみーちゃんのことが優先なので、俺は考えるのをやめて今聞いたことをルナとみーちゃんに教えることにした。

「――おねえちゃんに、あえる……⁉」

姉らしき人物を発見したことを伝えると、みーちゃんは目を輝かせて喜ぶ。

「うん、多分だけどね」

聞いた限り、俺たちよりも年上の大人の女性みたいだ。

みーちゃんの年齢から考えられるお姉さんの年齢は、本来なら高めに見積もっても俺たちくらいだろう。

だけど、友人同士ならともかく片方が幼いのに、子供だけで遊園地に来ている可能性は低いので、むしろ大人の女性のほうが確率としては高いんじゃないか、というのがアイラちゃんの見解だ。

「んっ……！」

よほどテンションが上がったのか、意外にもみーちゃんは俺の手を取ってきた。

手を繋いでお姉さんのところに行きたいようだ。

ルナに懐いているようだから、彼女と手を繋ぐと思ったのだけど——

「おねえちゃんも……！」

——いや、やはりルナとも手を繋ぐらしい。

みーちゃんが空いている左手を差し出すと、ルナは嬉しそうに手を取った。

まるで俺とルナが夫婦で、みーちゃんが俺たちの娘のようだ。

「ふふ……いい光景ですね」

唯一輪に加わっていないアイラちゃんは、俺たちから少しだけ距離を取りスマホを構えた。

おそらく写真を撮っているのだろう。

こういう光景はルナが好きそうなので、後で彼女に送るんじゃないだろうか。

俺たちはそのまま、みーちゃんを連れてアイラちゃんから聞いた場所を目指す。

すると——見覚えのある人影が見えた。

「おねえちゃん……！」

俺たちと手を繋いでいたみーちゃんは、お姉さんに駆け寄る——ことはなく、大きな声で呼びかけた。

それにより、汗を沢山流しながら忙《せわ》しなく周りを見ていたお姉さんの視線が、俺たちへと向く。

「みーちゃん……！　よかった
お姉さんは普段ののんびりとした姿《すがた》が嘘かのように、駆け寄ってきた。

そして、ギュッとみーちゃんを抱きしめる。、、、、、、、、……！」

「お、おねえちゃん、くるしいよぉ……！」

「もぉ、勝手にいなくなっては駄目ではありませんか！　本当に心配したのですよ……！」

お姉さんが心配していたのは疑いようがないだろう。

まだ暑い時期とはいえ、大量に流れる汗は一生懸命みーちゃんを探していた証《あかし》だ。

それにしても——奇妙な偶然もあったものだな……。

「あなたたちがみーちゃんを保護してくれたのですね、桐山《きりやま》君、アルフォードさん」

お姉さんは俺たちに視線を向けると、温かくて優しい笑みを浮かべた。

だから俺も、笑顔を返す。

「たまたま見かけただけですよ。それよりも驚きました、まさかみーちゃんが探していたのは佐神《さがみ》先生だったなんて」

そう、尋ね人はまさかの、俺たちの担任である佐神先生だったのだ。

今になって、みーちゃんがルナとお姉さんが似ていると言った理由がわかった。

ほんわかとした優しい雰囲気に、多くの人を惹きつける美しい顔。

何より、女性らしいある部分が二人とも段違いに大きいのだ。

そりゃあ、幼いみーちゃんでも似ていると答えるだろう。

「おねえちゃん、おにいちゃんたちとおしりあい？」

俺たちの反応から察したらしく、みーちゃんが不思議そうに小首を傾げた。

「ええ、そうですよ。桐山君とアルフォードさんは私が受け持つクラスの生徒さんなのです」

「おぉ～！」

奇妙な偶然に、みーちゃんは嬉しそうに声を上げる。

運命的な出会いを感じ取っているのかもしれない。

「そちらの……アイラ・シルヴィアンさんも、クラスは違いますが同じ学校の生徒さんです」

佐神先生はアイラちゃんをみーちゃんに紹介する。

他クラスの生徒でもやっぱり把握はしているらしい。

紹介されたアイラちゃんは、みーちゃんに対して深くお辞儀をした。

それが嬉しかったらしく、みーちゃんは俺たちの手を離してペチペチと拍手を返す。

純粋な子で、見ていてとてもかわいらしい。

「皆さんにも紹介が必要ですね。もう察しておられるとは思いますが、こちらは私の姪っ子の美音《みお》です。迷子になっていたところを保護してくださり、ありがとうございます」

「んっ、みーちゃんだよ……！」

紹介されたみーちゃんは、元気よく右手を挙げた。

思わず俺たちの頬が緩んでしまう。

佐神先生は独身なのでお子さんじゃないことはわかっていたのだけど、歳《とし》の離れた姉妹ではなく姪っ子だったのか。

じゃあ呼び方的には、《おばさん》が正しいはずだけど——。

「桐山君、みーちゃんを助けて頂いたので何も言いませんが、失礼なことを考えてはいけませんよ？」

またもや俺は顔に出ていたのか、言いようもないプレッシャーが佐神先生から放たれた。

身の危険を感じるような、強いプレッシャーだ。

年齢は確か二十八歳だったはずだから、さすがにまだそのように呼ばれたくないんだろう。

「あはは……すみません」

佐神先生は口調がおっとりとしているから優しく聞こえるだけで、普段から言っていることは物騒なのですぐに謝っておいた。

多分、怒らせたら厄介な人のはずだ。

「ふぅ……いえいえ～、わかってくだされればいいのですよ～」

自分を落ち着かせるように息を吐いた佐神先生は、いつものおっとりとした態度に戻った。

先程まではみーちゃんを一生懸命探していたので、気が張っていたんだろう。

こちらの雰囲気に俺は慣れてしまっているので、有難《ありがた》かった。

「それよりも、桐山君。両手に花状態でデートとは、やりますね～」

「「――っ⁉」」

ニコニコとした佐神先生の言葉に、俺とルナは息を呑んでしまった。

そして、物言いたそうに隣から視線を感じる。

もちろん、視線の主《ぬし》はルナだ。

「ルナとはデートをしているのですが、アイラちゃんは、その……付き添いみたいなものなので」

一瞬、《監視》と言おうか悩んだけど、余計な誤解を生みかねないのでやめておいた。

「なるほど～、そうでしたか～。それでは、お邪魔にならないように私たちは行きますね～。今度、お礼をさせて頂きますから～」

多分俺とルナに気を遣ってくれたんだろう。

佐神先生はみーちゃんの手を取り、さっさと連れて行こうとした。

しかし――。

「やだぁ……！　みーちゃん、おねえちゃんたちとあそびたい……！」

ルナにすっかりと懐いてしまったみーちゃんが、駄々をこね始めた。

幼い子なので、仕方がないとは思うが……ルナのことを考えると、ここで一緒に行動するのは得策じゃないと思う。

「駄目ですよ、お姉さんたちはデートをしているのですから。お邪魔をしてはなりません」

佐神先生もそれはわかってくれているようで、みーちゃんを説得してくれる。

だけど、納得がいかないみーちゃんは助けを求めるように俺とルナを見てきた。

小動物のように縋《すが》る瞳は、俺たちの心に刺さってしまう。

「佐神先生、私たちは――」

「ごめんね、みーちゃん」

みーちゃんを見つけた時とは逆で、今度は俺がルナの言葉を遮った。

優しい彼女なら、みーちゃんに手を差し伸べるのはわかっている。

だから、ここは俺が断らないといけないのだ。

「今日だけは、お姉ちゃんのことを優先させてほしいんだ。今度一緒に遊ぼうね」

「………」

笑顔で話しかけてみるも、みーちゃんは今にも泣きそうなウルウルとした瞳で俺を見つめてくる。

無言のアピールに、少し心がやられそうになった。

わかってはいたけど、幼い子の願いを無下にするのはかなり胸が痛い。

「みーちゃん、大丈夫ですよ～。お姉さんたちとはいつでも遊べますから、また今度遊んでもらいましょうね～」

俺がみーちゃんの視線に負けそうになっていると、佐神先生が援護をしてくれた。

みーちゃんがどこら辺に住んでいるかとかは知らないのだけど、佐神先生経由でいつでも連絡はとれる。

さすがに毎日とかは無理だけど、たまにみーちゃんと遊ぶことはできるだろう。

「…………んっ」

二人がかりで説得されたみーちゃんは、渋々という感じで頷いた。

一応わかってくれたようだ。

今日我慢してもらった分、次遊ぶ時は頑張らないといけないな。

俺は佐神先生に連れられて寂しそうに小さくなる背中を見つめながら、そう思うのだった。

◆

「――楽しい時間は、あっという間ですね……」

みーちゃんたちと別れてからいろいろとアトラクションを回ったルナは、最後に乗ると決めていた観覧車を前にして、寂しそうな表情を浮かべる。

もう既に夕暮れ時なので、移動に時間がかかる俺たちはこれが最後なのだ。

「また来ればいいよ。行こう」

俺はルナの手を引き、観覧車へと入る。

そして彼女に先に座ってもらうと、俺はルナが座った席の正面——ではなく、ちゃんとルナの隣に座った。

「ふふ……♪」

隣に座る俺を見たルナは、嬉しそうな笑みをこぼし、俺の腕に抱き着いてきた。

頭もすぐに俺の肩に乗せてきたので、喜んでもらえたようだ。

「……夕焼けに海……綺麗ですね……」

窓から見える景色のことだろう。

遊んでいた間に空はすっかりとオレンジ色に染まっており、沈みかけている夕陽《ゆうひ》が海を照らしている。

どこか物寂《ものさび》しい気持ちになりそうな風景だけど、今は一緒にいてくれる彼女のおかげで寂しいという気持ちはない。

「二人きりでこの景色を見られて、よかったよ……」

俺はコツンッと、ルナの頭に自分の頭を重ねる。

風情のある綺麗な景色は、嫌いな人以外であれば誰と一緒に見ても楽しいだろうけど、恋人と一緒に見るとより楽しめる気がする。

少なくとも、二人だけの空間で夕陽に染まる景色を眺めていられるのは、凄く幸せだった。

「――少し、意外でした……」

黙って景色を眺めていると、突然ルナがポツリッと呟いた。

「ん？　何が？」

「みーちゃんのことです。聖斗様も、みーちゃんと一緒に遊ぶ選択をされると思っていましたので」

持ち出されたのは、みーちゃんの気持ちを受け入れなかった時のことのようだ。

「冷たい男だと思った？」

「いえ……それでは、聖斗様の選択を嬉しいと思ってしまった私も、冷たい女性ということになりますので……」

あの時、ルナがどう思ったかなんてことは聞いていなかった。

しかし、俺の選択は間違っていなかったらしい。

「ルナがみーちゃんと一緒に遊ぼうとした気持ちはわかるし、俺も一瞬そうしようかと思ったよ。相手が幼い子だったしね」

「…………」

あの時のことを思い出しながら話していると、ルナは黙って俺の顔を見上げていた。

全て聞いてから、何かを言うつもりなのかもしれない。

「でも、今日はルナのために時間を使いたかったんだ。初めての遊園地デートだし、ルナに喜んでほしかったから。みーちゃんたちがいてもそれはそれで楽しかっただろうけど、恋人のデートではなくなるんじゃないかなって」

ルナが俺にどういうことを求めているのかは、一応わかっているつもりだ。

彼女は恋人らしいことに憧《あこが》れている。

今日という日を楽しみにしていたルナの気持ちを、蔑《ないがし》ろになんてしたくなかった。

「……私、本当に聖斗様と出会えてよかったと思います……」

何を言われるのかな、と思って若干身構えていると、ルナは再度俺の肩に頭を乗せて、目を閉じた。

「それは、俺のほうだよ」

ルナと出会ってからは幸せな日々だった。

莉音のことに対する負い目はあれど、それは疑いようのないことだ。

「ふふ、そうおっしゃって頂けると、私も嬉しいです。この先も永遠《とわ》に、聖斗様と一緒にいさせて頂きたいです……」

ルナはそう言うと、俺の腕に自分の顔をグリグリと押し付けてきた。

甘えん坊モードになっている——というのもありそうだけど、それだけではなさそうだ。

「俺もずっとルナと一緒にいたいよ」

ルナの言葉に応《こた》えるように、俺も正直な気持ちを伝えた。

——いてもいいのなら、という言葉は飲み込んで。

俺の言葉を聞いたルナは、腕から顔を離してジッと俺の目を見つめてきた。

窓から差し込む夕陽に照らされる彼女の顔は、今まで見たどんなものよりも美しいと感じてしまう。

「でしたら、負い目を感じないでください。そのお気持ちはきっと、私たちを引き裂くものになります」

「——っ！」

ルナのお願いに、俺は思わず目を見開いてしまう。

バレているだろうとは思っていた。

でもまさか、優しくて気遣いをする彼女が、直接言ってくるとは思わなかったのだ。

「仮に莉音さんとの傷を私で癒《いや》そうとしておられたとして……それを、私が嫌がるとでもお思いですか？」

ルナは優しく俺の左胸に手を添えてくると、強い意志を秘めた瞳で尋ねてくる。

「それは……だって、嫌でしょ……？」

利用されて嬉しい人なんて、いるはずがない。

「本当に、そうなのでしょうか？　少なくとも、私にとってはとても喜ばしいことです。なんせ――聖斗様の失恋の傷を、私は癒すことができている、ということですから」

「あっ……」

優しく微笑んだルナに対し、俺は息を呑む。

その考えは全然なかった。

というか、俺が持ってはいけない考えだったというべきか……。

相手の優しさに甘えていることではあるが、確かにそういう見方もできるのかもしれない。

しかし、普通女の子側でもそんな結論はなかなか出せないと思う。

この子はなんて、優しくて強い子なんだろうか。

「ありがとう、ルナ」

俺のことを想い、俺のために言葉を選んでくれた彼女に、俺はお礼を伝える。

「……いえ、先程偉そうなことを言ってしまいましたか、本当は私も聖斗様と似たようなものなので……」

だけどルナは、困ったように笑みを浮かべた。

そういえば、アイラちゃんもルナが負い目を感じているとか言っていたけど……。

「どういうこと？」

本人に聞いたほうが早いと思い、俺は尋ねてみた。

「私は、聖斗様と一緒にいさせて頂くことや、甘えさせて頂くことが大好きです。しかしそれは……失恋の傷に、付け込んでしまっているのではないかと……思っています」

ここまで言われてやっと理解できた。

確かに見方を変えれば、そういうふうにも見えてしまうのだろう。

俺はルナを甘えん坊だと思っている。

だから特に裏などを考えず、甘えてくることに関しては、かわいいという気持ちや嬉しいという気持ちを抱いているだけだ。

だけど他の人からしたら、失恋で弱った隙を突いているように見えるのかもしれない。

実際、そういうふうになっていたのかもしれないが……。

でもそれはルナが気にしているだけで、俺は気にしていなかった。

――なるほど、負い目を感じている本人とその相手とでは、こうも印象が違うのか……。

「俺はただ、甘えてくるルナはとてもかわいいって思っていただけなんだけどね」

「はぅっ……！」

笑顔で正直な気持ちを伝えると、ルナはボンッという音が聞こえてきそうになるほどの勢いで、顔を真っ赤にした。

さすがに、夕陽のせいではないだろう。

『聖斗様の笑顔は素敵すぎて、ずるいのです……』

何やらルナはブツブツと言っているけど、生憎長話をするには観覧車というアトラクションは時間が短すぎる。

もうすぐ、下に着いてしまうのだ。

「ルナは自分の負い目に関しては、どう思っているの？」

自分の世界に入っているルナには悪いのだけど、彼女がわざわざ自分の負い目を話した理由が気になるので、俺は話を進めてみた。

「わ、私は……ずるいことをしてしまっているのかもしれない、という負い目を感じていますが、その気持ちを押し殺してでも聖斗様と一緒にいたいです。そのため、もう気にしないことに致します。聖斗様に好きになって頂ければ、それで良いのですから」

それだけ、俺のことが好きだと言いたいんだろう。

俺が彼女に惚《ほ》れさえすれば何も問題はなく、そして今の俺は彼女にも好意を抱いている。

それで十分なのかもしれない。

――だけど、彼女の言葉は終わっていない。

「ですから聖斗様も、ルナで失恋を忘れようとしているのかもしれない、などと悩むのはおやめになり、私のことだけを考えて頂きたいです。私は、聖斗様に求めて頂けるだけで幸せなのですから」

要は、ごちゃごちゃ考えずに私と一緒にいろ、みたいなことだろう。

清楚可憐なお姫様で、他人想いの優しい子なのに、やっぱり心が強い子だ。

後、独占欲も強い。

「ありがとう。本当にこれからは、余計なことを考えずにルナと向き合うね」

「あっ……はい……♪」

気持ちができたことで優しく抱きしめると、ルナは嬉しそうに声を漏らしながら抱きしめ返してくれた。

なんだろう。

いろいろとあって、馬鹿《ばか》な考えで悩んだりもしたけど——やっぱりこうしていると、凄く幸せだ。

まだまだ乗り越えないといけないことや問題はあるのかもしれないけど、ルナが一緒にいてくれるなら不思議と全てうまくいく気がする。

——この後は、せっかくの景色を少ししか楽しめなかったということで、もう一度観覧車の列に並ぶことにした。

そして順番が来ると、一回目と同じようにルナが腕に抱き着いてきたが、俺たちは無言で綺麗な夕焼けの景色を楽しみ、初デートの思い出にするのだった。

◆

『──万事、うまくいきましたか』

幸せそうな表情を浮かべて観覧車から降りてきた主《あるじ》とその想い人を見つめながら、私は独り言を呟く。

ルナ様の純粋な想いから始まったこの出来事が、理想的な形に収まってよかった。

それも全て、ルナ様の強い意志と、想い人──桐山聖斗のおかげといえる。

彼がいなければ、今頃《いまごろ》ルナ様は笑顔を完全に失っていたかもしれない。

何より、婚約騒動のせいで笑えなくなっていたルナ様の素敵な笑顔を、取り戻してくれた。

私はそのことに心から感謝をしており、ルナ様だけでなく彼も支えていくと決めている。

それが、彼にできる私なりの恩返しなのだから。

『とはいえ、まだ問題が残っていますが』

思い返すのは、昨晩の通話。

《──よろしいですか⁉　何度も言っておりますが、至高の存在であるお姉様の結婚相手は当然、限りなく至高に近い殿方でなければならないのです‼　やはり先程も言ったように、私も日本に向かいます‼　あなたに任せてはおけませんからね‼》

いつものように人の話をまともに聞かず、自分の意見を押し付けてきた厄介な存在。

余計なことをするのは目に見えているけれど――あのお二方ならきっと、大丈夫だろう。

あとがき

まず初めに、『誘拐されそうになっている子を助けたら、お忍びで遊びに来ていたお姫様だった件』、略して『お忍び姫』をお手にとって頂き、ありがとうございます！

今作はネコクロにとって初めてとなる、カクヨム様からの書籍化作品です！

そう、今まで沢山書籍化作品を出させて頂いておりましたが、実は全て小説家になろう様経由もしくは、小説家になろう様で開催されている賞での受賞作だったんですよね。

このようにカクヨム様のみで連載していた作品を書籍化してもらえて嬉しい限りです！

担当編集者さん、Ｎｏｙｕ先生をはじめとした、出版に携わって頂いた関係者の皆様、ご助力頂きありがとうございました！

こうして本作を読者の方々にお届けできたのも、ご助力くださった皆様のおかげです。

特に、担当編集さんにはいろいろと細かいことまでご相談させて頂いたり、こちらの希望を沢山聞いて頂いたりなど、とても有難《ありがた》い対応をして頂けています！

また、Ｎｏｙｕ先生には凄く素敵なキャラデザを作って頂き、イラストもどれもかわいくて素敵でとても嬉しかったです。

ルナも滅茶苦茶かわいいですし、アイラちゃんや莉音《りおん》も凄くかわいくて、本当に嬉しかったです。

個人的には特に目隠れ系の子が好きなのですが、実は当初アイラちゃんは目隠れ系の想定をしていなかったんですよね。

でも、キャラデザの段階でＮｏｙｕ先生がアイラちゃんを目隠れ系の美少女にしてくださったので、拝見した際には歓喜しました。

本当にありがとうございます‼

これからもルナ、アイラちゃん、莉音を多くの方に好きになって頂けるよう、頑張ります。

さて、本編に少しだけ触れて――の前に、実は今作、書籍化の打診が驚くほど早かったんですよね。

細かく言うのはあれなので、簡単に言うと……連載開始して連絡がすぐ来て、正直最初は別作品（ネコクロが連載しているもので凄く伸びている作品があるので）と間違えてお声掛け頂いたのでは……と思ったくらいです。

それだけ期待して頂けた作品のようですね！

今作はネコクロとしては少し珍しい、いちゃ甘を序盤から押し出している作品なのですが、楽しんで頂けていますと幸いです！

これからもヒロインたちのとてもかわいい様子をお届けできるように頑張りますので、是非是非よろしくお願い致します！

ファンレター、作品の
ご感想をお待ちしています

〈あて先〉

〒105-0001
東京都港区虎ノ門2-2-1
SBクリエイティブ（株）
GA文庫編集部 気付

「ネコクロ先生」係
「Noyu先生」係

本書に関するご意見・ご感想は
右のQRコードよりお寄せください。

※アクセスの際や登録時に発生する通信費等はご負担ください。

https://ga.sbcr.jp/

誘拐されそうになっている子を助けたら、お忍びで遊びに来ていたお姫様だった件

発　行　　2024年10月31日 初版第一刷発行

著　者　　ネコクロ
発行者　　出井貴完

発行所　　SBクリエイティブ株式会社
〒105-0001
東京都港区虎ノ門2-2-1

装　丁　　木村デザイン・ラボ

印刷・製本　中央精版印刷株式会社

ISBN978-4-8156-2670-9

Printed in Japan　　GA文庫

twilight.M
試読版は
こちら!